Tous Continents

Collection dirigée par
Anne-Marie Villeneuve

De la même auteure chez Québec Amérique

Adulte
Au bonheur de lire, Comment donner le goût de lire à son enfant de 0 à 8 ans, coll. Dossiers et Documents, 2009.
Pour rallumer les étoiles, coll. Tous Continents, 2006.
Le Pari, coll. Tous Continents, 1999.
Marie-Tempête, coll. Tous Continents, 1997.
Maïna, coll. Tous Continents, 1997.
La Bibliothèque des enfants, Des trésors pour les 0 à 9 ans, coll. Explorations, 1995.
Du Petit Poucet au Dernier des raisins, coll. Explorations, 1994.

Jeunesse
SÉRIE CHARLOTTE
La Fabuleuse Entraîneuse, coll. Bilbo, 2007
L'Étonnante Concierge, coll. Bilbo, 2005.
Une drôle de ministre, coll. Bilbo, 2001.
Une bien curieuse factrice, coll. Bilbo, 1999.
La Mystérieuse Bibliothécaire, coll. Bilbo, 1997.
La Nouvelle Maîtresse, coll. Bilbo, 1994.

La Nouvelle Maîtresse, Livre-Disque, 2007

SÉRIE ALEXIS
Macaroni en folie, coll. Bilbo, 2009.
Alexa Gougougaga, coll. Bilbo, 2005.
Léon Maigrichon, coll. Bilbo, 2000.
Roméo Lebeau, coll. Bilbo, 1999.
Toto la brute, coll. Bilbo, 1998.
Valentine Picotée, coll. Bilbo, 1998.
Marie la chipie, coll. Bilbo, 1997.

SÉRIE MARIE-LUNE
Pour rallumer les étoiles – Partie 2, coll. Titan+, 2009.
Pour rallumer les étoiles – Partie 1, coll. Titan+, 2009.
Un hiver de tourmente, coll. Titan, 1998.
Ils dansent dans la tempête, coll. Titan, 1994.
Les grands sapins ne meurent pas, coll. Titan, 1993.

La Grande Quête de Jacob Jobin, Tome 1 – L'Élu, coll. Tous Continents, 2008.
Ta voix dans la nuit, coll. Titan, 2001.
Maïna, Tome II – Au pays de Natak, coll. Titan+, 1997.
Maïna, Tome I – L'Appel des loups, coll. Titan+, 1997.

La Grande Quête de

JACOB JOBIN

TOME 2
LES TROIS VŒUX

Catalogage avant publication de Bibliothèque et Archives nationales
du Québec et Bibliothèque et Archives Canada

Demers, Dominique
La grande quête de Jacob Jobin
(Tous continents)
Sommaire: t. 1. L'élu -- t. 2. Les trois vœux.
ISBN 978-2-7644-0606-9 (v. 1)
ISBN 978-2-7644-0699-1 (v. 2)
I. Titre. II. Titre: L'élu. III. Titre: Les trois vœux. IV. Collection:
Tous continents.
PS8557.E468G69 2008   C843'.54   C2008-941501-9
PS9557.E468G69 2008

Conseil des Arts   Canada Council
du Canada   for the Arts

Nous reconnaissons l'aide financière du gouvernement du Canada par
l'entremise du Programme d'aide au développement de l'industrie de
l'édition (PADIÉ) pour nos activités d'édition.

Gouvernement du Québec – Programme de crédit d'impôt pour
l'édition de livres – Gestion SODEC.

Les Éditions Québec Amérique bénéficient du programme de subvention
globale du Conseil des Arts du Canada. Elles tiennent également à
remercier la SODEC pour son appui financier.

Québec Amérique
329, rue de la Commune Ouest, 3e étage
Montréal (Québec) Canada H2Y 2E1
Téléphone : 514 499-3000, télécopieur : 514 499-3010

Dépôt légal : 3e trimestre 2009
Bibliothèque nationale du Québec
Bibliothèque nationale du Canada

Révision linguistique : Diane Martin et Chantale Landry
Mise en pages : André Vallée – Atelier typo Jane
Conception graphique : Nathalie Caron
Illustration en couverture : Henry Fong – www.henryfong.ca
Projet dirigé par Anne-Marie Villeneuve
avec la collaboration de Marie-Josée Lacharité

Imprimé au Canada

DOMINIQUE DEMERS

La Grande Quête de
JACOB JOBIN

TOME 2
LES TROIS VŒUX

QUÉBEC AMÉRIQUE

À Pierre Sarrazin,
mon frère Jacob à moi

Le royaume caché

Vallée

Forêt des krounis

Cratère des géants

Rivière des chouyas

Vers le château d'hiver
de la reine des fées

N

erres debout

Forêt des elfes

Pic de Tar

ontagnes de Tar

Collines des roufs

RÉSUMÉ DE *LA GRANDE QUÊTE DE JACOB JOBIN*
TOME 1 — *L'ÉLU*

Depuis le décès tragique de son frère, Jacob Jobin est en colère contre le monde entier. En plus, le sort semble s'acharner sur lui. Des circonstances extraordinaires le contraignent à se trouver un lieu de séjour pendant que ses parents sont en voyage. C'est ainsi qu'il décide de s'inviter au manoir de son oncle Théodore, un éminent scientifique spécialiste des fées et des autres créatures peuplant le monde caché. Quoiqu'il soit bien plus impressionné par l'univers des jeux vidéo que par un quelconque royaume merveilleux, Jacob finit néanmoins par être fasciné par les livres laissés pour lui dans l'immense bibliothèque du vieil ermite et, surtout, par la cave du manoir, constamment gardée sous clé… C'est là qu'il découvre un mystérieux livre aux pages blanches sur lequel est écrit : *La Grande Quête de Jacob Jobin*. En l'ouvrant, Jacob est projeté malgré lui dans un univers dont il ne soupçonnait pas l'existence. Très vite, il réalise qu'une mission périlleuse l'attend, lui, l'Élu : ramener Youriana, princesse des fées, prisonnière d'un sortilège du sorcier Zarcofo. L'enjeu ? La survie des fées et des petits peuples enchantés menacés par Zarcofo qui souhaite faire basculer le royaume dans la Grande Obscurité. Pour y parvenir, Jacob doit mettre la main sur la pierre bleue que porte à son cou la reine des fées, réfugiée dans son château d'hiver, derrière les montagnes de Tar.

Avec pour seules armes sa perspicacité, sa ferveur et son « œil magique », soutenu par ses compagnons Petit Poilu et Grou, Jacob affronte des périls qu'il n'aurait jamais pu imaginer. Par sa seule force intérieure, il repousse un dragonnet de Zarcofo. Grâce à son courage et à sa ténacité, il franchit la serre du dragon, un dangereux réseau de tunnels… où il perd son ami Grou. Au moment où une profonde tristesse s'abat sur lui, Jacob trouve dans une de ses poches un minuscule parchemin roulé lui révélant la géographie du monde caché. Quelques instants après cette fabuleuse découverte surgit un troupeau de taureaux sanguinaires. Contre toute attente vient à sa rescousse une bête de la taille d'un cheval, un animal sous les traits duquel Jacob croit reconnaître Fandor, le chien de son oncle Théodore. Et c'est au cours de leur folle chevauchée que Jacob est projeté malgré lui hors du royaume des fées.

LE RETOUR

Jacob contemplait la carte ouverte sur ses genoux. Du bout de l'index, il effleura les noms des lieux où il avait séjourné : la forêt des grichepoux, les collines des roufs, la rivière des chouyas... Arrivé aux montagnes de Tar, il revit les taureaux sanguinaires émergeant d'un brouillard de poussière et il ressentit comme en lui-même le coup de corne cruel assené au chien-cheval lui servant de monture. Fandor ! Jacob étira un bras pour caresser le pelage du chien endormi près de lui. Était-ce le même animal ? Le Fandor du manoir ne portait aucune trace de blessure.

Deux jours plus tôt, Léonie avait trouvé Jacob allongé sur le sol, inerte, dans la cave du manoir. Max, le cousin de Léonie, avait transporté Jacob au rez-de-chaussée. Il avait insisté pour le conduire à l'hôpital, mais Léonie avait refusé. Est-ce parce qu'elle le savait chez les fées que Léonie avait patiemment veillé Jacob sans tenter de l'arracher à cet autre univers ? Elle avait préparé un lit de fortune dans la vaste bibliothèque aux murs tapissés de livres. Jacob y était resté allongé plus de quarante heures, sans boire ni manger, plongé dans un coma étrange dont il émergea subitement, ahuri et inquiet.

Il mit un moment à comprendre où il était. Son esprit était encore peuplé de roufs, de grichepoux, de dragonnets et de xélous. Léonie se tint en retrait pour lui laisser le temps de refaire surface. Le premier geste de Jacob fut de mettre la main dans sa poche. Ses doigts rencontrèrent aussitôt le papier lisse de la carte du royaume caché et il éprouva un vif soulagement. C'était la preuve qu'il avait réellement vécu tout ce dont il se souvenait. Il avait véritablement fréquenté ces lieux, frayé avec ces créatures...

Un mot, comme une prière, jaillit de sa gorge :

— Youriana !

Léonie s'approcha. Elle pressa une main réconfortante sur l'épaule de son jeune protégé. Jacob fouilla le visage de la vieille amie de son oncle. Il comprit aussitôt que Léonie savait. Quoi exactement ? Il n'aurait pu le dire. Et comment l'avait-elle appris ? Il n'en avait pas la moindre idée. Mais Léonie savait qu'il appartenait désormais à un ailleurs où il souhaitait retourner.

Elle l'avait laissé revisiter tranquillement ses souvenirs après l'avoir rassuré sur l'état de Fandor. Dans le silence feutré de la grande bibliothèque, Jacob avait fermé les yeux pour mieux renouer avec son cher Petit Poilu, combattre les affreux grichepoux, festoyer avec les roufs, affronter le dragonnet... Il s'était souvenu de la mort de Grou et de son arrivée dans la vallée de la rivière des chouyas, puis de l'attaque des taureaux et, enfin, du brusque retour à la réalité.

Malgré son immense fatigue, Jacob saisissait parfaitement ce qu'il devait faire. Retourner. Reprendre sa mission là où il l'avait laissée. Franchir la barrière des montagnes de

Tar, traverser la vallée des pierres debout et poursuivre sa route jusqu'au château d'hiver de la reine des fées. C'est là que la souveraine, mère de Youriana, lui remettrait la fameuse pierre bleue ayant le pouvoir de délivrer la princesse d'un profond sommeil. Il rapporterait cette pierre à Youriana qui était enfermée dans une petite chambre d'hôpital, à quelques kilomètres du manoir de Théodore Jobin. La princesse des fées accéderait alors au trône et arracherait le royaume caché à l'emprise du sorcier Zarcofo afin que les nains, les elfes, les roufs, les lutins et toutes les autres créatures féeriques continuent d'exister parmi les collines, les montagnes, les eaux et les clairières.

Jacob parvint à se mettre debout. Il se doutait que Léonie l'observait de la cuisine. Quant à son parrain, l'énigmatique Théodore Jobin, il n'était sûrement pas très loin. Ils avaient beaucoup de choses à se dire. Mais pas maintenant. Jacob lui raconterait son aventure plus tard, à son retour de mission, lorsqu'il tiendrait la pierre bleue dans sa main. Rien d'autre n'avait d'importance. Cette tâche mobilisait toute son attention, toute sa volonté, toute son énergie. Il ne pouvait en être diverti.

Il quitta la bibliothèque en marchant lentement, étonné de se découvrir si faible. Il longea le corridor, atteignit la porte jadis interdite, constata qu'elle n'était plus fermée à clé, l'ouvrit, puis descendit l'escalier d'un pas chancelant, avec l'impression de ne pas avoir treize mais quatre-vingt-treize ans. Il traversa le sous-sol, poussa la porte de la petite pièce au fond et fut pris d'un tel vertige qu'il dut s'appuyer contre le mur pour ne pas s'écrouler. Il se sentait aussi épuisé que s'il avait couru un marathon.

Le livre enchanté était resté ouvert, là où il l'avait abandonné. Les pages exposées étaient vierges. Jacob le referma doucement. Du bout des doigts, il caressa les lettres du titre tracées en creux sur la couverture de toile rouge : *La Grande Quête de Jacob Jobin*. C'est en ouvrant ce livre qu'il avait franchi l'autre monde. Jacob inspira profondément avant de l'ouvrir à nouveau.

Il attendit. Longtemps. Rien.

Il s'installa sur le sol, le bouquin sur ses cuisses. Il ne se produisait rien et il ne ressentait rien sinon cette fatigue accablante et l'appréhension normale de celui qui espère un événement important.

De longues minutes s'écoulèrent. Jacob dodelina de la tête avant de finalement tomber endormi. À son réveil, il était toujours assis sur le sol de béton, la tête penchée sur sa poitrine, le cou endolori, le livre sur ses genoux. Il ne s'était rien produit de magique ni de merveilleux.

Jacob fut saisi d'une grande tristesse. Il se sentait affreusement seul. Et vide. Comme s'il échappait à lui-même et à sa destinée.

Fandor l'accueillit avec fougue en haut de l'escalier. À croire que la grosse bête avait compris son désarroi. Jacob s'agenouilla, étreignit son compagnon et enfouit son visage dans la chaleur de son cou.

— Jure-moi qu'on se retrouvera là-bas très bientôt tous les deux. Dis-moi que l'enchantement n'est pas terminé pour toujours, supplia-t-il.

Pour toute réponse, Fandor poussa un long soupir, puis s'ébroua avant de se diriger vers la cuisine. Jacob allait le suivre lorsqu'une voix le fit sursauter.

— Alors... vous voilà donc de retour, jeune homme ? Ou simplement de passage ?

Le ton et le vouvoiement étaient sarcastiques. La voix provenant de la bibliothèque appartenait à Théodore Jobin. Jacob trouva son parrain installé dans son fauteuil roulant, le dos bien droit, l'œil alerte. Il avait les traits d'un vieillard. Toutefois, quelque chose dans son attitude évoquait l'adolescent batailleur, en rogne contre l'univers et bien décidé à provoquer un affrontement.

Théodore Jobin scruta le visage de son filleul, attentif au moindre signe. Une fois l'inspection terminée, il renifla dédaigneusement avant de lancer d'un ton bourru :

— C'est donc toi ! Je ne m'étais pas trompé... Elles t'ont vraiment choisi. Eh bien !

Jacob se renfrogna. Avant qu'il n'entreprenne son premier voyage au royaume caché, son parrain avait suggéré que Jacob puisse être un élu. Pourquoi le vieil homme était-il désormais aussi désagréable et amer ?

Théodore Jobin lut dans le silence de Jacob la confirmation de ce qu'il venait d'énoncer. Il prit quelques instants pour apprivoiser l'information.

Soudain, il explosa :

— Je devrais te pendre par les orteils, espèce de petit morpion !

Jacob se demanda si son parrain avait perdu la tête ou s'il était sous l'influence d'un nouveau médicament. Il paraissait pourtant tout à fait lucide.

— Approche-toi! ordonna-t-il encore.

Jacob hésita alors que l'oncle lui tendait déjà une main. Jacob fit quelques pas. Théodore le força à se pencher vers lui comme pour lui confier un secret. Au lieu de cela, il l'étreignit chaleureusement.

— Je devrais t'en vouloir à mourir, souffla-t-il à l'oreille de Jacob. Mais je n'y arriverai jamais. Tu me ressembles trop, cher bel imbécile.

Il libéra Jacob, puis lança, admiratif :

— Sois fier, Jacob Jobin. Toute ma vie, j'ai rêvé de vivre ce qui t'arrive. Alors, raconte... Allez!

Jacob était perplexe. Les brusques sautes d'humeur de son parrain l'étourdissaient. Il s'assit sur le petit lit que lui avait installé Léonie dans la bibliothèque et réfléchit.

Il ne parvenait pas à parler. Il y avait trop à raconter et il n'arrivait pas à trouver par où commencer. De plus, il éprouvait une certaine réserve. Ce qu'il avait vécu lui semblait soudain très intime.

Le regard du vieil homme s'adoucit.

— Dis-moi seulement... Était-ce... si horrible? demanda-t-il.

Jacob hocha affirmativement la tête.

— Et en même temps, c'était... merveilleux?

Jacob répéta le même mouvement.

— As-tu goûté à l'hydransie?

Jacob parut surpris. Théodore eut un bref rire de gorge.

— J'en sais plus que tu ne crois, dit-il simplement. Ne l'oublie jamais.

— Dites-moi comment je peux retourner là-bas, murmura Jacob d'une voix imprégnée par l'urgence du désir qui l'habitait. J'ai essayé... Je n'ai pas réussi.

— Pauvre idiot! répondit Théodore en grognant. Tu te morfonds déjà... Ce qui t'arrive est normal. Ton moteur est à sec. Tu as épuisé tes réserves d'enchantement. Il faut refaire le plein, c'est tout.

Jacob attendit que son parrain poursuive. Il était prêt à obéir à n'importe quelles consignes à condition de pouvoir repartir.

— Ne t'inquiète pas, l'encouragea Théodore. Et cesse de vouloir aller trop vite! Léonie peut t'enseigner comment constituer de nouvelles réserves d'énergie. Les fées ne te laisseront pas franchir la frontière si tu n'en as pas accumulé suffisamment. Fais-toi des réserves de sagesse aussi. Et profite de tous ces livres autour de toi. Sinon, mange, dors, bois beaucoup d'eau, prends de l'air...

— Je n'ai pas attrapé une grippe! s'impatienta Jacob. Je dois repartir au plus vite. Le temps est compté. Il faut que j'accomplisse...

— Oui, oui, je sais... Ta mission ! Retrouver la reine des fées et rapporter... Quelque chose... Je croyais que ce serait l'hydransie... Visiblement, je me suis trompé.

Le visage de Jacob ressemblait à un livre ouvert dans lequel l'oncle puisait des informations.

— Ce damné liquide ! s'exclama le vieil homme. J'avais imaginé que tu rapporterais un échantillon, mais tu me reviens les mains vides. Quel gaspillage !

Jacob se sentit dépassé. Il avait appris que l'hydransie servait à nourrir les bébés xélous, à réjouir le cœur des roufs à condition qu'ils n'en abusent pas et à aider les elfes à solidifier leurs ailes. Pour le reste, il n'avait jamais soupçonné que cet élixir puisse être lié à sa quête ou encore aux préoccupations de son parrain.

— Alors, dis-moi, si ce n'est pas en lui administrant de l'hydransie, comment comptes-tu sauver Youriana ? s'enquit l'oncle.

Jacob pâlit à l'évocation de sa mystérieuse amie. Ses mains devinrent moites et son cœur se mit à battre plus fort. Son parrain connaissait donc l'objectif ultime de sa quête : sauver Youriana.

Une voix l'arracha à ses réflexions.

— Tu l'aimes ! Pauvre nigaud ! s'indigna l'oncle, furieux.

Sur ces mots, il fit rouler sa chaise hors de la bibliothèque et disparut.

Ce soir-là, Jacob gravit péniblement les marches de l'escalier menant au grenier où il avait installé ses quartiers. Il souhaitait être seul. Par la fenêtre au-dessus de son lit, il contempla la lune mourante, réduite à un mince filet. Une foule de réflexions se bousculaient dans sa tête et autant d'émotions se chamaillaient dans son cœur.

Il posa la carte du royaume caché sur son édredon. Son deuxième voyage le ramènerait sûrement au pied des montagnes de Tar, là où il avait éprouvé les premiers symptômes d'un retour vers son monde habituel. Derrière les montagnes, la route menant au château de la reine semblait facile, mais c'était sans compter les obstacles et les pièges. Au royaume caché, comme dans les univers de ses jeux électroniques, des agresseurs surgissaient constamment de nulle part. Au pays des fées et des sorciers, toutefois, les ennemis étaient réels et les menaces véritables.

Saurait-il manifester suffisamment d'héroïsme pour survivre à tout ce qui l'attendait ? Réussirait-il seulement à franchir à nouveau la frontière du royaume caché ? Une vive angoisse lui tordit les entrailles. Il aurait voulu s'accrocher à des certitudes, mais elles l'avaient toutes déserté.

Ses repères s'effaçaient et tout lui semblait loin. Ses parents, sa sœur, son ami Éloi... Étrangement, il avait plus de facilité à évoquer Simon-Pierre, son frère, disparu un an plus tôt.

Jacob le revit, une bouteille de médicaments vide à son chevet, sa main gauche pendant hors du lit. Pour la première fois depuis le tragique événement, Jacob découvrit qu'il avait peur. Peur de perdre courage à son tour. Peur de manquer d'énergie et de volonté pour continuer d'avancer. Peur de céder lui aussi à l'envie de tout abandonner.

Un bout de phrase bourdonnait dans ses oreilles. Quelques mots tirés de la chanson qu'avait composée Simon-Pierre. *Fabriquez-moi des ailes...* Jacob craignait que les siennes soient devenues si lourdes qu'il n'arrive plus jamais à s'envoler.

LE LIVRE ENCHANTÉ

— Préfères-tu apporter du pain aux fraises et à la banane ou des petits gâteaux aux amandes ?

Jacob ne put qu'esquisser un sourire en guise de réponse, car il venait tout juste d'enfourner un troisième scone au fromage.

— Le mieux, c'est que je mette les deux, décida Léonie. Mais n'en donne pas à Fandor. Il a encore pris du poids !

Quelques minutes plus tard, Léonie tendit à Jacob un sac avec suffisamment de victuailles pour tenir plusieurs jours. Fandor y vit un signal de départ. Il se releva et s'ébroua avec un plaisir évident, battant l'air de sa grosse queue.

— C'est bon. Allez, l'hippopotame ! On y va ! déclara Jacob en riant.

Il se dirigea vers la porte principale, heureux d'avoir retrouvé sa forme après une bonne nuit de sommeil. Au moment de sortir, il revint subitement à la cuisine, déposa un baiser rapide sur la joue de Léonie et repartit, surpris de son audace.

Fandor fila droit vers le sentier menant à l'étang. C'était une journée d'été somptueuse bénie par un soleil éblouissant. Dès qu'il aperçut l'eau claire, Jacob se débarrassa de ses vêtements et plongea. Il s'amusa longtemps à lancer un bout de bois au milieu de l'étang en défiant Fandor de le récupérer avant lui. Le compte était à douze contre neuf en sa faveur lorsque Jacob décida qu'il était trop affamé pour continuer.

Pendant toute la matinée, il avait réussi à ne pas penser au livre dans le sous-sol, ni à Youriana, ni à la carte du royaume caché, ni à Petit Poilu. Il s'était abandonné avec délices à des jeux d'enfance, oubliant sa mission, ses angoisses et ses obligations. Avec l'aide de Fandor, il dévora tous les sandwiches au jambon et gruyère préparés par Léonie avant de s'attaquer au dessert. Puis il s'allongea dans l'herbe parfumée, le ventre plein et le cœur content.

« Ton moteur est à sec. Tu as épuisé tes réserves d'enchantement. Il faut refaire le plein », avait déclaré son parrain. La veille, cette affirmation l'avait démoralisé. Et voilà que maintenant, Jacob se sentait capable de relever le défi. Il avait récupéré rapidement et il était prêt à repartir. Mais avant, il éprouvait le besoin de revoir Youriana. Il n'avait rien à lui offrir pour l'arracher à son sinistre sommeil. Il souhaitait seulement contempler son visage couleur de lune et sa frêle silhouette sous les draps. Peut-être oserait-il aussi glisser ses doigts dans ses cheveux d'or et de feu. Avant de la quitter, il vérifierait si elle portait bien à son cou, comme il l'espérait, un médaillon vide accroché à une chaîne.

Durant l'après-midi, il s'amusa encore à lancer un bout de bois à Fandor, puis ils dormirent au bord de l'eau, satisfaits et heureux. À son retour au manoir, Jacob trouva la maison étrangement silencieuse. Il devina que Léonie était auprès de son parrain dans ses quartiers privés. Était-il souffrant ou discutaient-ils d'affaires mystérieuses ?

Ce soir-là, Jacob dîna seul. Léonie lui servit des pâtes au fromage et une salade de cresson avant de s'éclipser à nouveau. Elle revint pour proposer à Jacob un énorme morceau de tarte aux pommes. Jacob se souvint qu'une vingtaine de tartes refroidissaient sur le comptoir de cuisine lorsqu'il était rentré de sa promenade. Léonie continuait de nourrir ceux qu'elle appelait « les tristement démunis ». Deux ou trois fois par semaine, son cousin Max livrait plusieurs cartons remplis de mets préparés par Léonie et d'autres bénévoles dans un sous-sol d'église de Sainte-Lucie, le village le plus près. Max avait dû faire la collecte pendant que Jacob se changeait au grenier puisque les tartes avaient disparu.

— J'aurais besoin de quelqu'un pour me conduire à Sainte-Lucie demain, annonça Jacob alors que Léonie se préparait à retourner auprès de Théodore.

— Max est absent pour quelques jours, répondit Léonie. À son retour, il sera sûrement heureux de te rendre service. Tu l'as manqué de peu ! Il est passé tout à l'heure...

Jacob trouva la coïncidence un peu facile, à croire que Léonie, ou peut-être Théodore, s'était organisée pour qu'il ne puisse pas quitter le manoir.

— Je dois absolument m'y rendre *demain,* insista-t-il. Il doit bien y avoir une façon... Ce n'est quand même pas à l'autre bout du monde !

Léonie posa sur lui ce regard imperturbable qu'il lui avait déjà vu. On aurait dit que rien ne l'atteignait.

— Je pourrais marcher jusqu'à ce qu'un automobiliste s'arrête pour me faire monter, suggéra Jacob.

— Oui... Sûrement. Mais demain j'aurai besoin de toi ici. Je dois donner un coup de main à l'épouse de Max et Théodore n'est pas assez bien pour rester seul. Je serai de retour en fin d'après-midi.

Le lendemain, il tombait des clous. Léonie avait déjà quitté le manoir lorsque Jacob se leva. Il trouva à la cuisine une note lui rappelant que son oncle devait prendre son sérum à midi. Léonie lui demandait aussi de rendre visite à son parrain toutes les heures pour s'assurer qu'il n'avait besoin de rien.

Jacob passa la journée dans la bibliothèque à fouiller l'imposante collection de livres de son parrain dans l'espoir de trouver des informations sur l'hydransie. Il dut consulter une cinquantaine d'ouvrages avant de tomber enfin sur une première mention. Dans *Élixirs, philtres et autres potions féeriques*, Sven Lagerloff écrivait :

> *L'hydransie tirée des fleurs de yacoub constitue le plus précieux liquide des territoires enchantés. Chaque espèce, du troll au lutin en passant par les nains, les gnomes, les korrigans, les farfadets, les lèprechiens, les elfes et les gobelins, l'utilise à ses propres fins. Les petits peuples se sont déjà livré des guerres pour prendre possession des lieux où pousse le yacoub ou encore pour voler les réserves de leurs ennemis.*

> *Les pouvoirs de l'hydransie peuvent être fulgurants. Mal administrée, l'hydransie peut provoquer le dépérissement et, parfois même, la mort. Sinon, l'hydransie révèle des propriétés formidables.*

Jacob rendit visite à son parrain toutes les heures. Chaque fois, ce dernier semblait dormir. Sauf à midi, où Jacob le

trouva en train de prendre son sérum. « Son hydransie »,
songea Jacob sans oser faire de commentaire. Théodore Jobin
assura son filleul qu'il n'avait besoin de rien et ne manifesta aucun désir de discuter avec lui.

À la fin de cette journée un peu ennuyeuse, Léonie convia
Jacob dans la grande salle à manger aux murs lambrissés de
bois. Jacob fut étonné d'y trouver son oncle assis bien droit
dans son fauteuil. Léonie servit du vin rouge dans des verres
de cristal fin. Elle avait allumé de longues bougies dont les
flammes répandaient des lueurs chatoyantes dans le liquide
ambré. On aurait dit une table de fête. Pourtant, l'atmosphère était lourde.

— Bon appétit ! dit simplement Théodore Jobin en atta-
quant son carré d'agneau.

Jacob voulut ajouter quelque chose, mais en levant les
yeux vers son parrain, il fut saisi par une émotion brutale.
Son œil magique lui révélait ce que vivait son parrain. Théodore Jobin était ravagé par une grande souffrance, tant
physique que morale, qu'il tentait de dissimuler.

Le vieil homme soutint le regard de son filleul. Jacob
comprit que son œil magique n'était pas un secret pour son
parrain.

— Jacob souhaiterait se rendre à Sainte-Lucie demain,
lança Léonie pour briser la tension.

— Alors qu'il y aille ! répliqua Théodore sèchement.

— Et comment ? demanda Jacob, trop ébranlé par ce
qu'il venait d'éprouver pour réagir plus énergiquement aux
sautes d'humeur de son oncle.

Théodore ne répondit pas. Il planta son couteau dans la chair rosée de l'agneau, découpa un morceau de viande et l'approcha de sa bouche. Son bras gauche se mit à trembler très fort et la fourchette tomba de sa main. Léonie se précipita vers son vieil ami. Théodore la repoussa d'un mouvement brusque en faisant vaciller tout ce qui était disposé sur la table devant lui. Jacob attrapa une bougie juste à temps, mais il ne put empêcher le verre de son oncle de tomber en répandant un ruisseau écarlate sur la nappe blanche.

Il y eut un moment de silence écrasant. Soudain, Théodore Jobin projeta son verre vide contre le mur. Puis il dirigea sa chaise hors de la pièce en zigzaguant. Jacob découvrit qu'un des bras de son oncle ne lui obéissait plus.

Jacob aida Léonie à éponger la nappe et à ramasser les éclats de verre, puis ils terminèrent leur repas en silence. Jacob retourna ensuite à la bibliothèque où il attendit d'être sûr que Léonie soit occupée à nettoyer les casseroles. La pauvre aurait sûrement préféré être au chevet de son vieil ami. Cependant, dans son état, Théodore ne supporterait aucune présence. Lorsqu'il fut assuré que personne ne le remarquerait, Jacob se faufila hors de la bibliothèque et se dirigea vers la porte jadis interdite.

Il avait espéré revoir Youriana avant de retourner dans l'autre monde, mais l'urgence de partir devenait trop pressante. Les humeurs changeantes de son oncle l'inquiétaient. Il avait peur d'être happé par le quotidien et soumis à toutes sortes d'exigences qui l'empêcheraient de retourner au royaume caché.

Il prit plusieurs longues inspirations avant d'ouvrir la porte. Il savait qu'il aurait besoin de toute sa concentration, de toute son énergie et de toute sa volonté pour réussir à basculer dans l'autre monde.

Jacob descendit l'escalier, traversa le sous-sol, pénétra dans la petite pièce et avança vers la table où trônait le fameux livre. Il lui semblait entendre la reine des fées l'invitant à la rejoindre. Il s'imaginait déjà chevauchant Fandor par-delà les montagnes de Tar pour atteindre le fameux château d'hiver dont les tourelles s'élevaient dans le ciel azur.

Jacob allongea un bras vers le livre et posa le plat de sa main droite sur la couverture à la manière des chevaliers prêtant serment. Il pria secrètement les fées et tous les esprits enchantés de le laisser franchir la frontière invisible de leur monde.

Il attendit, le cœur aux abois. Des puissances mystérieuses s'activèrent bientôt autour de lui. Des créatures secrètes évoluaient dans l'ombre. Jacob éprouva un profond soulagement. Ce n'était pas comme à sa dernière tentative, alors qu'il ne s'était rien produit. Les fées ne l'avaient donc pas abandonné.

Il attendit encore sans que rien ne change. Alors il pressa fermement ses mains sur la couverture du livre en suppliant toutes les créatures enchantées de l'assister.

Une douleur fulgurante, comme un feu irradiant tous ses membres, le fit lâcher prise. La sensation disparut aussi vite qu'elle était apparue. Des voix discordantes s'élevèrent alors des quatre coins de la pièce : *Lève-toi, Jacob Jobin. Vite! Cours! Non... Arrête. Sauve-toi! Plonge. Avance. Tais-toi! Parle. Ose!*

Une mitraillade de questions succéda aux ordres décousus : *Es-tu sûr, Jacob Jobin ? Est-ce bien la route ? N'as-tu aucun doute ? Penses-tu réellement pouvoir sauver la future reine des fées ? N'es-tu pas trop jeune, trop faible, trop inexpérimenté ? Et si les fées s'étaient trompées ? D'ailleurs, pourquoi t'auraient-elles choisi, toi ?*

Jacob resta immobile, pétrifié par ces voix dissonantes. Lorsqu'elles se turent, il quitta la pièce en titubant et remonta l'escalier en s'accrochant à la rampe. Léonie l'attendait derrière la porte jadis interdite. Jacob fit trois pas et s'effondra dans ses bras.

L'HISTOIRE DE THÉO

— Veux-tu vraiment y retourner? demanda Léonie en déposant une théière fumante sur la table de cuisine.

Jacob goûta à la tisane de fleurs d'oranger. Le liquide était brûlant, délicieux bien qu'un peu amer.

— Oui. Je veux y retourner, s'entendit-il répondre.

— Alors, accepte de devoir attendre, répliqua Léonie. Tu as beaucoup à apprendre avant de partir. Les fées se manifesteront lorsqu'elles te jugeront prêt.

Elle scruta le visage de Jacob avant de continuer.

— Ta préparation sera celle d'un athlète, annonça Léonie.

— Pourquoi? demanda Jacob, surpris.

— Les sportifs de haut niveau s'entraînent physiquement et mentalement, poursuivit Léonie sans tenir compte de l'interruption. Les meilleurs ne sont pas toujours les plus forts ou les plus rapides, mais ceux qui ont davantage de foi, d'ardeur et de volonté.

Elle n'en dit pas plus. Ce soir-là, Jacob eut du mal à s'endormir. Léonie voulait le convaincre d'investir des trésors de temps et d'énergie pour se mettre en forme alors même qu'il éprouvait désespérément l'urgence de repartir.

Il s'éveilla brusquement en pleine nuit. Le ciel était d'encre et Fandor n'était plus à son chevet. Jacob tendit l'oreille. Léonie l'appelait. Il la trouva au pied de l'escalier menant au grenier.

— Ton oncle souhaite te parler, annonça-t-elle simplement, comme s'il n'y avait rien de plus naturel en pleine nuit.

L'horloge ancienne du vestibule indiquait trois heures trente. Jacob trouva son oncle allongé sur son lit. Des gouttes de sueur perlaient à son front. En apercevant son filleul, Théodore Jobin se redressa avec difficulté. Jacob remarqua qu'il n'utilisait pas son bras gauche.

— Installe-toi. J'ai à te parler, dit l'oncle.

La souffrance déformait ses traits. L'adolescent approcha un fauteuil du lit de son parrain.

— Je ne suis ni mourant ni fou, commença le vieil homme d'une voix que la fatigue rendait hésitante. Et je suis conscient de t'avoir réveillé en pleine nuit. Mon état de santé est un peu... instable. Je veux profiter d'un moment de grâce pour te livrer certaines informations.

Il s'éclaircit la gorge avant de poursuivre :

— Je t'ai déjà raconté qu'à l'Institut de recherche où je travaillais avec ton père, j'ai découvert que les déjections de certains insectes avaient des propriétés très prometteuses.

En lisant sur l'hydransie, j'ai acquis l'intime conviction d'avoir mis au jour une substance cousine.

« Toutes les créatures du royaume caché accordent énormément d'importance à ce puissant élixir dont les pouvoirs varient selon les sujets auxquels on l'administre. »

Jacob revit en mémoire son Petit Poilu lapant ses premières gouttes d'hydransie. Puis le regard gourmand de Grou, son ami rouf, dès que le nom du fabuleux élixir était prononcé. Jacob sentit des papillons dans son ventre. Il avait le mal du pays.

— Au cours des dernières années, je n'ai guère réussi à progresser dans mes recherches visant à développer un médicament miracle contre le cancer à partir de ma découverte, continua l'oncle d'une voix lente. J'ai donc décidé d'aider Youriana.

— Que savez-vous d'elle ? demanda brusquement Jacob.

— Eh bien ! Que voilà un Grand Inquisiteur ! s'exclama Théodore Jobin. Calme-toi, jeune homme. Tes airs de faux chevalier ne m'impressionnent pas. Apprends à écouter et cultive l'humilité. C'est à ces qualités qu'on reconnaît les véritables Élus.

Jacob serra les mâchoires. Le ton de son parrain l'irritait. Il détestait ce genre de manifestation d'autorité. Un faible gémissement l'arracha à ses ruminations. Théodore Jobin avait fermé les yeux et la douleur plissait son front. Sa tête roula légèrement sur le côté. Jacob crut qu'il allait s'assoupir. Au lieu de cela, il déploya d'héroïques efforts pour se redresser maladroitement en s'appuyant sur son bras droit.

— Si tu te servais un peu de la mayonnaise dans ta cervelle, tu comprendrais que j'ai besoin d'aide, lança-t-il avec humeur. Allez... Rends-toi utile !

Jacob aida son parrain à mieux s'installer et cala quelques oreillers dans son dos.

— C'est moi qui ai trouvé Youriana dans une petite clairière près du manoir, commença Théodore. À l'époque, j'étais plus alerte. J'utilisais un fauteuil roulant muni de roues tout-terrain que Max avait bricolé pour moi. Je l'ai aperçue, étendue sur le sol. Son cœur battait toujours, cependant elle ne bougeait pas.

« Elle était... extrêmement belle, bien que d'une manière étrange. Son corps m'a semblé lumineux. J'ai tout de suite su qu'elle était une fée. J'ai dû me faire sacrément violence pour l'abandonner là afin d'alerter les autorités. D'instinct, j'ai choisi de ne pas m'identifier.

« Ce que je craignais s'est produit. L'équipe médicale de l'hôpital de Sainte-Lucie a ordonné le déplacement de la jeune patiente vers le Centre universitaire de santé de Westville. J'ai immédiatement alerté Max, le cousin de Léonie, qui est directeur général et directeur médical de l'hôpital de Sainte-Lucie. Je voulais qu'il annule le déplacement. Malheureusement, tout allait trop vite. Il ne pouvait trouver de motif logique sans éveiller des soupçons.

« Tu devines sûrement mes appréhensions. Dès l'arrivée de Youriana au Centre de santé universitaire, l'équipe de l'Institut de recherche s'est ruée sur elle. Leur première découverte fut tout à fait stupéfiante : la formule sanguine de la jeune patiente appartenait à un type inconnu. Non seulement était-elle porteuse d'anticorps indétectables, mais il n'y avait aucune trace de globules blancs dans son sang.

« Les chercheurs étaient ahuris. Le directeur de l'Institut leur donna l'ordre de garder cette information secrète. L'état de la patiente – absence d'identité, pas de famille connue et aucune amélioration notable – ainsi que ses caractéristiques uniques faisaient d'elle un cobaye idéal pour étudier les effets du sérum que j'avais découvert. Un nouveau protocole de recherche a été institué dans le but de mesurer les effets du mystérieux liquide sur la multiplication et la régénération cellulaire chez la jeune patiente.

« Ma découverte avait été reléguée aux oubliettes pendant plusieurs années après mon départ de l'Institut, les premières expérimentations ayant mené à une impasse. Puis, le président du conseil d'administration de l'Institut est décédé. L'aîné de ses fils a hérité de la compagnie pharmaceutique de son père et il a finalement réussi à se faire élire à la présidence de l'Institut. C'est lui qui a encouragé la reprise des travaux. À l'arrivée de Youriana, l'équipe n'avait toujours pas découvert les mécanismes d'activation du sérum favorisant la régénérescence cellulaire.

« Ces imbéciles de l'Institut l'ont beaucoup affaiblie en lui injectant des cocktails ridicules. Ils avaient réussi à synthétiser le liquide obtenu des sécrétions d'insectes. Ils l'ont stupidement mélangé à toutes sortes de substances expérimentales dans l'espoir d'obtenir des résultats. La pauvre avait perdu du poids et souffrait d'arythmie lorsque nous avons réussi à la ramener à l'hôpital de Sainte-Lucie, six mois plus tard. J'ai dû investir une petite fortune en avocats et mettre durement à l'épreuve ce pauvre Max pour réussir cette manœuvre. Depuis, Youriana est dans un état stable.»

— Mais prisonnière d'un coma! répliqua Jacob.

Théodore Jobin poursuivit sans se préoccuper de la remarque de Jacob.

— J'ai continué mes investigations sur les deux plans : scientifique et féerique. Même si je n'ai jamais été admis dans leur univers, les fées m'accompagnent quotidiennement. Elles éclairent mes recherches, me soufflent des intuitions et m'alimentent d'informations. Je savais déjà que des êtres humains choisis avaient le pouvoir de basculer dans l'autre univers et d'en revenir avec de précieux enseignements. J'ai compris au fil de mes lectures et de mes réflexions que le salut de Youriana dépendait d'une migration magique. Il fallait un Élu. Un passeur entre les deux mondes. Cet Élu serait chargé d'une mission d'une importance fondamentale étroitement liée au destin de la princesse des fées.

«Je connaissais l'existence du livre enchanté. Il était exactement là où tu l'as trouvé lorsque j'ai pris possession du manoir. Je soupçonnais déjà que l'Élu tant attendu au royaume caché, c'était toi. Mon filleul. Le fils cadet du frère avec lequel j'avais rompu tout lien. J'aurais pu trouver une manière de t'entraîner jusqu'ici bien avant que tu décides de me rendre visite, mais quelque chose me disait de ne rien forcer ni précipiter. Les fées ont leurs exigences...

«À ton arrivée au manoir, je n'étais pas encore persuadé que tu étais bel et bien le passeur. Et encore moins que tu possédais les qualités nécessaires pour accomplir ce que les fées attendaient de toi.»

Théodore avait livré son discours comme s'il s'adressait aux myriades d'étoiles qu'il pouvait contempler par la haute fenêtre de sa chambre. Arrivé là, il se tourna vers Jacob.

— Je sais maintenant que les fées t'ont choisi, Jacob Jobin. Je ne sais pas si tu te révéleras à la hauteur, mais c'est bien toi l'Élu.

Jacob déglutit. Les paroles de son parrain résonnaient dans sa tête. « C'est bien toi l'Élu. » Il lui semblait que cette petite phrase l'investissait de pouvoir. Malgré ses réticences, Théodore Jobin venait de faire profession de foi en lui. Jacob en fut ému.

— Je suis persuadé que c'est toi, le fameux chargé de mission. Malheureusement, je sais aussi que tu es ridiculement et outrageusement amoureux ! lança l'oncle.

Jacob fut à nouveau surpris de découvrir son parrain si dur avec lui. À croire qu'il était jaloux. Aurait-il déjà, lui aussi, été épris d'une fée ? Jacob choisit de ne rien dire et d'écouter ce que Théodore Jobin souhaitait encore lui révéler.

L'oncle continua :

— Je n'ai jamais cessé de croire en ma découverte. L'arrivée de Youriana a fouetté mon ardeur. Je voulais l'aider et ce sérum cousin de l'hydransie me semblait la meilleure avenue. Toutefois, je ne pouvais risquer de fragiliser ma protégée comme ces idiots de l'Institut prêts à inventer n'importe quel cocktail dans l'espoir d'activer le sérum. Alors j'ai pondu une idée fabuleuse et folle. J'ai décidé que le cobaye, ce serait moi !

Théodore Jobin éclata d'un grand rire un peu sinistre devant l'air ahuri de son filleul.

— L'accident dont j'ai été victime a entraîné une dégénérescence de ma moelle épinière, ce qui m'a valu de perdre l'usage de mes jambes. Dans l'espoir de profiter des propriétés régénératrices du sérum et d'en mettre au jour le fonctionnement, je m'en suis administré d'importantes quantités par voie intraveineuse. Sans succès. Enfin... J'ai vomi d'extraordinaires quantités de liquides gastriques et j'ai survécu à des fièvres d'une férocité inouïe, mais à part bousiller mon organisme, je n'ai guère obtenu de résultats concluants.

« Tu te demandes peut-être comment, dans mon état, j'ai pu obtenir ce qu'il fallait pour procéder à de telles expérimentations. Sache que les droits d'auteur de mes ouvrages sur les fées servent à subventionner un laboratoire plus ou moins clandestin dans les locaux même de l'hôpital de Sainte-Lucie, à l'étage où Youriana est gardée sous surveillance.

« À force de tâtonnements, j'ai pu statuer que la meilleure posologie correspondait à un traitement mixte : trois gouttes de sérum sous la langue administrées à heures fixes deux fois par jour et un litre de jus de sauterelle, comme tu l'appelles, quotidiennement. J'obtiens ce liquide en diluant une seule goutte de sérum dans un litre d'eau. Au contact de l'eau, le sérum épaissit et perd sa transparence pour acquérir une couleur vaseuse peu ragoûtante. C'est fascinant ! La première fois que j'ai été témoin de cette réaction, j'avais l'impression de jouer au professeur Tournesol dans un album de *Tintin au pays des sorciers*. »

— Est-ce efficace ? Allez-vous retrouver l'usage de vos jambes ? demanda Jacob, ébranlé par ces révélations.

— Les résultats démontrent clairement que je suis un vieux con ! déclara l'oncle. Pendant un moment, j'ai retrouvé des sensations dans mes membres inférieurs. Tout cela semblait fabuleusement prometteur. Puis, peu à peu, l'effet s'est dissipé. On aurait dit qu'il manquait quelque chose... Mais quoi ? ! Je continuais de croire que la clé était dans l'hydransie. Il me semblait qu'une meilleure connaissance de cet élixir féerique m'aurait éclairé. Mais je n'avais aucun accès au précieux liquide. J'ai donc décidé de cesser, du moins momentanément, l'expérimentation sur ma propre personne. Et c'est là que j'ai découvert que j'étais accro !

Jacob était tout ouïe.

— Vous ne pouviez plus vous en passer ? C'est pour ça que vous avez si mal réagi lorsque j'ai oublié de vous apporter votre sérum l'autre jour ?

— Exact. Mes cellules neurologiques sont devenues dépendantes du sérum. Elles ne peuvent supporter l'état de manque. Je souffre alors de symptômes extrêmement douloureux et de plus en plus débilitants. Ce n'est pas tout. À force d'agir de manière incompréhensible sur mes cellules, le sérum les a affaiblies, entraînant des résultats à l'opposé de ce que j'espérais. En gros, j'assiste à la dégénérescence progressive de tous mes membres. Mon bras gauche est en train de me lâcher... J'ai atteint un point de non-retour.

Jacob éprouvait soudain beaucoup de pitié, mais aussi une vive admiration pour le vieil homme alité près de lui.

— Je te raconte tout ça afin que tu repartes vers l'autre monde armé d'un maximum d'informations, reprit Théodore Jobin. Si l'hydransie constitue effectivement un enjeu important pour nous tous, il faut que tu le saches. Tu auras peut-être des décisions à prendre...

Un masque de douleur plissa le visage du vieil homme. Jacob crut qu'il ne parlerait plus. Il poursuivit néanmoins, d'une voix rendue haletante par l'effort.

— Méfie-toi de tes ennemis, Jacob. Apprends à les reconnaître où qu'ils soient. Là-bas comme ici, ils peuvent prendre l'allure d'un monstre ou celle d'une jolie créature.

Théodore Jobin s'arrêta, visiblement épuisé. Il ferma les yeux pendant quelques secondes avant d'ajouter d'une voix à peine audible :

— Ce qui t'attend est pire que tout ce que tu peux imaginer. Il te reste peu de temps pour devenir un être exceptionnel. Et ce n'est qu'à ce prix que tu pourras accomplir ta mission d'Élu.

Jacob sentit un poids terrible échouer sur ses épaules. Il prenait subitement conscience de la gravité de sa tâche et des périls qu'il devrait affronter.

L'ENTRAÎNEMENT

— Alors, que dois-je faire ? Sprint, marathon ou poids et haltères ? demanda Jacob devant un bol de chocolat fumant après avoir fait la grasse matinée.

— Tu dois d'abord accepter sans discuter le programme que je vais te proposer, répondit Léonie en plongeant son regard gris-bleu dans celui de Jacob.

— Hum... Qu'en penses-tu, Fandor ? s'enquit Jacob pour alléger l'atmosphère.

— Fandor ne t'accompagnera pas aujourd'hui, annonça Léonie.

— Pourquoi ? demanda Jacob, déçu.

— Tu dois me faire confiance, accepter mes instructions et y obéir parfaitement, répondit calmement Léonie. Sinon, si tu préfères, tu peux te préparer seul ou même pas du tout.

— Est-ce que je peux savoir ce qui m'attend avant de décider ?

— Une heure d'exercice intense suivie d'une heure de repos, puis, deux heures à observer l'infiniment petit, une dernière heure d'exercice et, pour finir, une heure de lecture, exposa Léonie.

— C'est très... militaire, fit remarquer Jacob.

Léonie n'émit aucun commentaire. Jacob tenta d'évaluer la situation. L'idée d'un entraîneur ne lui déplaisait pas. Mais sa capacité à recevoir des ordres était limitée. Ses parents et ses professeurs le lui avaient souvent reproché. Par ailleurs, ce qu'exigeait Léonie était assez inhabituel. Pour tout dire, la tâche « d'observer l'infiniment petit » pendant deux heures ne l'excitait pas du tout.

Il allait décliner l'invitation. Le mieux, c'était de prendre lui-même la responsabilité de son entraînement. Il pourrait se remettre au jogging, lire un peu, se reposer, bien manger, réfléchir... Une méthode simple et éprouvée.

Son œil magique l'alerta juste avant qu'il n'annonce son intention. Jacob fut soudain frappé par l'énergie de Léonie. Sous ses dehors de fée-marraine, cette femme dissimulait de grandioses forces vitales. Jacob le ressentit tout à coup intimement. Il avait le sentiment d'être en présence d'un être exceptionnel.

Théodore avait utilisé ce même terme, la veille. « Il te reste peu de temps pour devenir un être exceptionnel. Et ce n'est qu'à ce prix que tu pourras accomplir ta mission d'Élu », avait-il affirmé sur un ton prophétique.

— J'accepte le contrat, déclara Jacob.

Léonie ne manifesta ni surprise ni soulagement.

— Tu dois courir en comptant jusqu'à trois mille six cents, annonça-t-elle. Soixante secondes fois soixante minutes. Arrivé à huit cents, je veux que tu accélères progressivement le rythme de ta course jusqu'à mille. Maintiens cette vitesse en comptant jusqu'à deux mille, puis accélère encore, ne serait-ce qu'un tout petit peu, et maintiens cette allure jusqu'à trois mille six cents.

Étrangement, la formule lui plut. Le défi était clair et les changements de vitesse lui parurent stimulants. Jacob décida de courir en direction de Westville. Il s'estimait chanceux : le soleil n'était pas trop ardent et un bon vent rendait la chaleur de juillet supportable.

L'amorce fut laborieuse. L'effort physique était pénible et le paysage ennuyeux. Arrivé à huit cents, Jacob trouva enfin son deuxième souffle et il se surprit à songer qu'il ne détestait peut-être pas la course à pied finalement. Ce sentiment agréable se dissipa toutefois rapidement. Il avait totalement disparu lorsqu'il dut accélérer. Il atteignit ainsi le chiffre deux mille avec l'impression d'être allé au bout de ses forces. Il se souvint alors qu'il devait maintenant accélérer « ne serait-ce qu'un tout petit peu ».

L'entreprise lui parut utopique. Le simple fait d'avancer était déjà héroïque. Il considéra l'idée de s'accorder une pause, histoire de s'étirer un peu avant de reprendre tout doucement sa course pour atteindre éventuellement le chiffre magique de trois mille six cents. Malheureusement, Léonie avait clairement précisé qu'il devait souscrire parfaitement au contrat.

Il ordonna à ses jambes d'accélérer. Sans succès. Au contraire, la vitesse de son pas diminuait. Une brusque colère

le fouetta. Il en voulait à Léonie d'avoir inventé cet entraînement absurde. Et à son parrain de l'avoir convaincu qu'il
devait absolument accomplir des miracles avant de repartir.
Surtout, il s'en voulait de ne pas être à la hauteur.

Jacob comprit pourquoi Fandor n'avait pas été autorisé
à l'accompagner. Non seulement la pauvre bête se serait-elle
écrasée d'épuisement, mais sa présence aurait tout changé.
Il se sentait terriblement seul, ce qui rendait l'épreuve encore
plus ardue.

Il fit une nouvelle tentative pour accélérer et parvint
tout juste à maintenir un pas de marche un peu rapide. Pour
se donner du courage, Jacob décida d'imaginer quelqu'un
à ses côtés. Simon-Pierre... Il se concentra sur l'image qu'il
gardait de son frère et le revit, fougueux, fervent. Au bout
d'un moment, il crut deviner une présence. Pour la première
fois depuis le décès de son grand frère, Jacob sentit que
ce dernier n'avait pas complètement disparu. Il était là,
quelque part. Pas si loin même...

Jacob continua de mettre un pas devant l'autre sans
s'inquiéter de la vitesse à laquelle il avançait. « Si Simon-Pierre
était vraiment là, juste à côté de moi, qu'est-ce que je lui
dirais ? » se demanda-t-il. La réponse s'imposa rapidement.
Il s'entendit lancer à haute voix :

— T'es con, Simon-Pierre ! M'entends-tu ? Vraiment
con !

Déjà, ces quelques mots lui faisaient du bien. Alors, il
poursuivit, le souffle court, en lâchant ses phrases comme
des projectiles.

— Tu m'avais juré que tout était possible et à la première occasion, dès que tu perds le moral, tu fous le camp. Une bouteille de pilules et hop! Finie la vie. Tu disparais de la carte sans te préoccuper de ceux qui restent derrière toi. Sans te demander comment ils vont survivre, eux.

Jacob découvrit qu'il courait à nouveau. Les muscles de ses jambes étaient durs et douloureux, son souffle était court, mais il courait. Et même si c'était pénible, il n'avait plus envie d'arrêter. Il voulait continuer. De courir et de parler à Simon-Pierre.

Il avait cessé de compter et il s'en fichait royalement. Les mots déboulaient. Et à mesure qu'ils se déversaient, il se sentait plus léger.

— Il y a des jours où je me dis que c'est à cause de moi. Je t'ai trahi en ayant honte de nos missions imaginaires et ça t'a tellement déprimé que tu en as perdu le goût de vivre. Est-ce que c'est ça, Simon? Dis-moi..., insista-t-il, la voix encore bouillonnante de colère.

Il recommença à compter à partir de deux mille huit cents, comme si un compteur invisible lui avait indiqué le chiffre laissé en suspens. Il poursuivit dans un état second en égrenant silencieusement sa litanie de nombres. Il n'avait plus l'impression de compter mais de réciter une prière. Lorsqu'il atteignit le chiffre trois mille, il lui sembla que quelqu'un l'avait entendu.

Il y eut un moment de grâce où la présence de Simon-Pierre devint si réelle qu'il crut sentir la main de son frère sur son épaule. Une main rassurante, réconfortante. Une main qui l'incitait à repousser le piège de la culpabilité pour se concentrer sur sa mission actuelle en sachant que son grand frère, son meilleur ami, son plus fidèle complice n'avait pas complètement disparu, qu'il pouvait encore l'accompagner et veiller sur lui.

Arrivé à trois mille quatre cents, le souffle court et les membres pesants, Jacob constata qu'il avait avancé en ligne droite, additionnant les kilomètres sans songer qu'il s'éloignait toujours du manoir. Il avait atteint un endroit désert. Il n'y avait pas l'ombre d'un commerce ni d'une habitation. Que des champs semés d'herbes hautes. Lorsqu'il s'arrêta un peu plus loin, arrivé au chiffre magique de trois mille six cents, le paysage n'avait pas changé.

Un violent étourdissement lui confirma qu'il avait dépassé ses limites. Il but ce qui restait d'eau dans la gourde attachée à sa ceinture et entama la deuxième bouteille rangée au fond de son sac à dos sous un sac de papier contenant son repas. Le soleil était suffisamment haut et écrasant pour qu'il soit midi, mais il n'avait pas faim. Il n'avait qu'un désir. S'allonger sur le sol, fermer les yeux et dormir. Il fit exactement onze pas pour quitter la chaussée et se frayer un passage dans le champ à sa droite. Il n'y avait pas de raison d'avancer plus loin. Il laissa tomber son sac à dos et se coucha sur le tapis d'herbe drue.

L'INFINIMENT PETIT

La faim le réveilla. Jacob leva les yeux vers le soleil et évalua qu'il avait dormi plus longtemps que prévu. Dans le sac que lui avait remis Léonie, il trouva un jus de fruits, du pain beurré, un morceau de fromage, une pomme et, tout au fond... une vieille montre de poche. Les aiguilles délicatement ciselées indiquaient quatorze heures trente. Pas étonnant qu'il eût aussi faim.

Il dévora son repas en étudiant la montre. Le boîtier rond semblait en or véritable et la trotteuse avait un joli mouvement. Sous la vitre un peu égratignée, les chiffres romains dorés se détachaient sur un fond blanc crémeux. Pourquoi Léonie l'avait-elle contraint à compter les secondes alors qu'elle avait fourré une montre dans son sac ?

La réponse s'imposa presque tout de suite. Compter lui avait permis de se concentrer sur autre chose que sa douleur et son découragement. Et maintenant, elle veut que j'utilise la montre pour la suite de mon entraînement, songea Jacob. Il se rappela que son prochain devoir consistait à « observer l'infiniment petit » pendant deux heures. Il aurait préféré nettoyer le plancher de sa chambre avec une brosse à dents ou en peinturer les murs avec un pinceau d'enfant plutôt que de subir cette épreuve qu'il jugeait totalement extravagante.

Léonie avait par ailleurs précisé que l'activité devait être stationnaire. Pas question de se déplacer pour trouver de l'infiniment petit plus excitant ailleurs. Il jeta un regard autour de lui. Que de l'herbe haute à perte de vue. « Merveilleux, songea-t-il. J'ai toujours rêvé de passer cent vingt minutes à admirer un brin d'herbe. »

Il réussit à ne pas consulter la montre pendant les treize premières minutes et fut pris d'angoisse en découvrant que si peu de temps s'était écoulé. Il détestait s'ennuyer. Un désir intense le submergea. Il avait terriblement envie de tenir une manette de jeu électronique dans ses mains.

Il retourna la montre pour ne plus être témoin de la lenteur désespérante des aiguilles. Des lettres étaient gravées au dos du boîtier : N O D O E I R L H E E T O L E. Jacob occupa plusieurs minutes à jouer au scrabble avec ces lettres. Sans succès. Soudain, il jugea la situation ridicule. Il était totalement occupé à ne rien faire alors qu'il aurait dû se préparer à affronter les dragons de Zarcofo.

Malgré tout, il s'allongea sur le ventre afin d'étudier les hautes herbes. Il fut d'abord surpris par la densité du couvert de végétation. Juste devant ses yeux, il y avait bien cinquante... non... plutôt cent tout petits plants. Vus de près, ce n'étaient pas des brins isolés, mais de véritables plantes. Leur tige plus pâle à la base verdissait en poussant bravement vers le ciel.

Jacob observa l'ondulation de l'herbe sous les caresses du vent. Au bout d'un certain temps, il crut y reconnaître une danse composée de frémissements, de balancements, de courtes pauses et d'oscillations délicates. De brusques assauts couchaient parfois les hautes herbes avant qu'elles ne reprennent un doux tangage.

Jacob s'amusa à tenter de deviner leur prochain mouvement et fut surpris par la diversité des rythmes et des enchaînements. Dans sa tête, il nota : l'herbe danse. Peu après, il ajouta : l'herbe a un parfum. Il avait suffi qu'il se relève et s'étire un peu avant d'enfouir à nouveau sa tête dans la végétation pour être frappé par l'odeur capiteuse de l'herbe. Ce n'était pas la senteur brute de l'herbe fraîchement coupée qu'il connaissait déjà, mais un bouquet suave et étonnamment complexe qui ne se révélait pleinement qu'au bout d'un moment. Jacob prit plaisir à humer ce parfum.

Il allait consulter sa montre lorsqu'il entendit un croassement. C'était un corbeau, ou peut-être une corneille, il n'avait jamais appris à les différencier. Il prêta toute son attention aux sons environnants, fasciné par la richesse de ce qu'il détectait. Le bruit strident d'une cigale d'abord. Jacob se souvenait de l'avoir perçu peu avant, mais distraitement, comme s'il eut participé à un bruit de fond. Voilà que le chant emplissait le ciel.

Un avion émergea bientôt des nuages. Lorsque sa rumeur disparut tout à fait, Jacob distingua pour la première fois le chuintement du vent dans la prairie. On aurait dit le souffle lointain d'un géant endormi. Jacob laissa son esprit s'évader, porté par cette respiration mystérieuse. Il y eut encore plusieurs croassements, d'autres cris d'oiseaux, très différents, le chant insistant d'une cigale, puis le silence. Un silence si complet, si dense, que Jacob en fut tout remué.

Il n'avait jamais imaginé qu'il pût exister toutes sortes de silences. Celui-ci était dense et profond. Des milliards de bruits sommeillaient en lui. C'était un silence plein, entier et grouillant de mystères. Un silence ressemblant à une pause musicale avant que ne résonne à nouveau la grande symphonie de la nature. Jacob attendit que perce le sifflement d'un merle ou que le vent se lève tout à coup. Au lieu de cela, il perçut un battement sourd et régulier. Le son d'un instrument grave et caverneux, à la fois distant et très rapproché. Il mit un moment à comprendre d'où parvenait ce bruit. C'était sa contribution personnelle au chant du monde : le bruit de son cœur cognant contre sa poitrine. Il l'écouta longtemps, ému et heureux, fier de participer à cette orchestration glorieuse.

Jacob releva la tête afin de repérer la vieille montre abandonnée dans l'herbe. Il n'eut pas le loisir de l'ouvrir pour lire l'heure, car un insecte trottait sur la surface dorée. C'était une fourmi brune, de taille moyenne, visiblement très affairée. Jacob constata qu'elle avait trois paires de pattes extrêmement fines et qu'elle transportait un bout de branche deux fois plus gros qu'elle. La petite bête traversa la surface du boîtier puis descendit avec une agilité remarquable pour atterrir sur le sol où elle disparut dans la forêt de tiges. Une autre fourmi avançait derrière, chargée d'une brindille et suivie d'une troisième fourmi, plus dodue celle-là. Elle portait sur son dos un fardeau étrange. Jacob mit quelques secondes avant de distinguer qu'il s'agissait d'un cadavre de fourmi.

Un souvenir s'imposa dans l'esprit de Jacob. Simon-Pierre. Raide et faux dans son cercueil avec son teint cireux et la froideur effroyable de sa peau. Leur mère avait insisté pour qu'il porte une chemise blanche et une cravate ridicule. En l'apercevant dans le cercueil tapissé de soie blanche, Jacob avait eu follement envie de se jeter sur son frère et de le secouer pour le réanimer. Pour que le sang recommence à fuser dans ses veines, pour que son cœur se remette à battre, que sa poitrine se gonfle et que ses muscles se tendent. Pour que la vie le reprenne.

À la place, il s'était penché sur le corps de Simon-Pierre et il avait posé sa tête sur sa poitrine dure. Il avait bêtement cru que la proximité physique réduirait l'écart affolant entre eux, mais c'était tout le contraire qui s'était produit. En s'approchant, Jacob avait soudain mesuré le gouffre qui les séparait et il avait brutalement compris que Simon-Pierre était mort pour vrai.

Un cri abominable était sorti de sa gorge. Tous les gens rassemblés dans la salle bondée du salon funéraire s'étaient tus. Une vieille tante s'était approchée de Jacob pour lui caresser le dos pendant qu'il criait toujours. Il l'avait repoussée brutalement.

Il ne sut jamais pendant combien de temps il avait laissé jaillir l'épouvantable cri de sa bouche. La foule s'était écartée comme s'il avait été une bête sauvage. Le bruit avait cessé tout à coup. Jacob était resté debout, les bras ballants, l'air idiot, insensible et vide. Un ressort important de son mécanisme intérieur venait de se briser. Il avait compris que sa vie ne serait plus jamais pareille.

Jacob avait encore le regard fixé sur le boîtier de la montre. Derrière le voile d'eau sur ses yeux, il arrivait à distinguer les lettres gravées : N O D O E I R L H E E T O L E. Elles se réassemblèrent lentement dans son esprit pour former deux prénoms : Théodore et Léonie.

Jacob en conçut un étrange soulagement. Non seulement avait-il trouvé la clé de l'énigme, mais il lui sembla que ces deux êtres l'avaient accompagné au cours des dernières heures et jusqu'aux dernières minutes.

— Théodore et Léonie...

Jacob répéta plusieurs fois ces deux prénoms à voix haute pour en extraire du sens. Qui étaient-ils ? Quelle était la nature de leur relation ? Il resta un long moment à rêvasser. Puis il ouvrit le boîtier et fut surpris de constater qu'un peu plus de deux heures s'étaient écoulées.

Il amorça son retour au manoir d'un pas lent, l'esprit rêveur. Plusieurs voitures le dépassèrent. C'était l'heure du retour à la maison après la journée de travail. À l'instant précis où la grande aiguille de la montre toucha le chiffre douze, indiquant ainsi qu'il avait complété la dernière heure d'exercice prescrite, une voiture ralentit. Il reconnut immédiatement le chauffeur. C'était la dame qui l'avait recueilli en pleine tempête alors qu'il courait jusqu'à Sainte-Lucie afin de chercher du secours pour son oncle gravement malade.

— Je peux te raccompagner ? offrit-elle.

Jacob secoua la tête et esquissa un sourire en guise d'acceptation. Au même moment, il se surprit à songer : « C'est peut-être une fée. »

Durant tout le trajet en voiture, la dame ne souffla pas un mot et Jacob non plus. Elle le déposa devant l'imposant manoir de son parrain, lui souhaita une bonne fin de journée et repartit alors même que Jacob cherchait encore les mots pour la remercier.

Léonie l'accueillit avec un sourire heureux, des yeux pétillants et un repas de roi auquel l'oncle Théodore ne participa pas. Jacob mangea dans la cuisine en compagnie de Léonie. Au menu : cuisses de poulet grillées sur charbon de bois, salade de pâtes crémeuses et carottes au miel. Jacob engloutit son repas en parlant très peu. Il était à la fois épuisé et trop rempli de cette première journée d'entraînement pour la commenter.

Léonie lui proposa ensuite une glace aux fraises et du sucre à la crème. Il attaqua son dessert avec l'appétit de celui qui n'a encore rien mangé. Léonie déposa enfin deux tasses et une théière devant eux, puis elle sortit un livre de la poche de son tablier. Jacob se rappela que son entraînement devait se terminer par une heure de lecture.

— *Le Chat botté*, déclara triomphalement Léonie en déposant l'ouvrage devant lui. Ce vieux matou t'enseignera la ruse.

Jacob prit le livre, puis il fouilla dans sa poche, trouva la vieille montre et la tendit à Léonie.

— Les lettres gravées forment votre prénom et celui de mon parrain, commença-t-il. Pourquoi ?

Léonie ne répondit pas. Jacob crut déceler une tristesse indéfinissable dans son regard.

— Est-ce à vous ou à mon oncle ? demanda-t-il encore.

— C'est à toi ! Il s'agit d'un objet très ancien et très précieux. Ton oncle tient beaucoup à ce que tu ne t'en sépares plus. À compter d'aujourd'hui, cette vieille montre doit t'accompagner partout. Où que tu sois...

Elle s'était exprimée d'une manière très solennelle. Sur un ton plus léger, elle ajouta :

— Tu en auras d'ailleurs besoin au cours des prochains jours d'entraînement.

— Qui ressembleront à quoi ? demanda Jacob.

— Aujourd'hui était une journée type, répondit Léonie. Ça ne changera pas. Sauf pour demain... Max est revenu plus tôt que prévu et il doit repartir dans deux jours. Il peut te conduire à l'hôpital demain après avoir livré de la nourriture. C'est bien ce que tu souhaitais ?

Jacob voulut répondre, mais aucun son ne sortit de sa bouche. L'idée de revoir Youriana l'ébranlait à tel point qu'il n'était plus sûr d'avoir encore des jambes. Sa gorge était sèche et ses poumons ne semblaient plus fonctionner. Quant à son cœur, Jacob était persuadé que Léonie pouvait l'entendre cogner comme un fou.

YOURIANA

Max Larivière était un homme avec la carrure d'un joueur de football, bourré d'énergie, jovial et d'une gentillesse peu commune. Il n'avait rien de l'image traditionnelle du cadre hyper performant, directeur d'hôpital et directeur médical. Jacob l'avait entrevu seulement une fois avant ce matin. Le court trajet du manoir à Sainte-Lucie suffit pour qu'il soit conquis.

Ils s'arrêtèrent dans le stationnement de l'église. Jacob aida Max à transporter les cartons remplis de nourriture au sous-sol, où une soixantaine de personnes étaient attablées. Le cousin de Léonie guida Jacob vers l'espace cuisine tout au fond. En traversant la salle, Jacob fut saisi par l'odeur. Un mélange de sueur, de café, de vieux tabac, de pain rôti et de misère.

Un couple de septuagénaires assumait le service au comptoir pendant que quatre bénévoles un peu plus jeunes officiaient aux fourneaux. L'un d'eux aida Max et Jacob à trier le ravitaillement. Une fois l'opération terminée, Jacob crut qu'ils allaient enfin se diriger vers l'hôpital, jusqu'à ce que la petite dame aux cheveux d'un blanc bleuté derrière le comptoir interpelle Max :

— Qu'est-ce qu'on vous sert aujourd'hui, monsieur Max?

— Tout ce que vous avez! répliqua Max Larivière.

— Et le jeune homme qui vous accompagne? s'enquit la dame, visiblement ravie.

— Même chose pour lui. Mille mercis, Dorothée! répondit le cousin de Léonie.

Ils transportèrent leur assiette remplie d'œufs brouillés, de pommes de terre rissolées et de pain rôti vers une table où deux chaises venaient de se libérer.

— Bon matin et bon appétit! lança Max aux autres convives avant d'attaquer son repas.

Ses salutations joyeuses furent accueillies par deux ou trois « merci », un « à vous itou » et... un vibrant « Joyeux Noël! » qui en fit ricaner quelques-uns. Les autres continuèrent de manger, le nez plongé dans leur assiette.

Jacob entreprit d'observer les gens autour de lui. Une femme d'une trentaine d'années était installée à sa droite. Mince, les traits tirés, le cheveu blondasse terne, elle portait une robe défraîchie qui avait dû être jolie. La femme avait coupé ses œufs et son pain en petits morceaux qu'elle avait disposés de manière artistique dans son assiette, les morceaux d'œuf décorés d'une goutte de ketchup alternant avec les bouts de pain. Elle inspectait attentivement la présentation, repositionnant minutieusement un morceau de pain ou d'œuf toutes les trois secondes comme s'il s'était agi d'objets dans un musée.

Elle planta finalement sa fourchette dans un bout d'œuf et l'avala. Puis elle émit une série de petits bruits exprimant son intense satisfaction avant de reprendre son manège, examinant son assiette et replaçant les morceaux. Jacob leva les yeux vers Max, qui observait la même femme. Le regard du cousin de Léonie exprimait toute la bonté du monde. Rien d'autre.

Jacob dirigea son attention vers l'homme assis à côté de Max, un individu d'une soixantaine d'années, les rares cheveux en bataille, la barbe hirsute, le visage ravagé par de secrètes épreuves et sans doute aussi par des litres d'alcool. L'homme dévorait son petit-déjeuner comme si ce devait être son dernier repas en lançant des coups d'œil inquiets à droite et à gauche, à croire qu'on allait le lui voler.

À côté de lui, une femme sans âge entretenait une conversation animée avec un personnage invisible et, plus loin encore, un homme mâchait lentement sa nourriture, le regard vide.

— Mange, c'est délicieux, lança Max sur le même ton que s'ils avaient été au casse-croûte du coin.

Jacob n'avait pas faim. Il avait une boule dans l'estomac. C'était la première fois de sa vie qu'il frayait de près avec des gens aussi démunis. Il déchira quand même un morceau de pain, prêt à faire un effort pour participer au repas. Au même moment, le téléavertisseur de Max émit une sonnerie. Max vérifia le numéro avant d'annoncer :

— Urgence hospitalière. Il faut partir.

Durant le trajet vers l'hôpital, Max s'adressa à Jacob.

— J'espère que tu ne m'en veux pas trop de t'avoir entraîné là. Je déjeune dans ce sous-sol d'église une fois par semaine. Ça me replante les pieds sur terre et ça me rappelle qu'il y a beaucoup à faire. Tu sais, je me dis parfois que mon vieil ami Théo a raison de croire aux fées. Le monde a drôlement besoin d'être réenchanté. Qu'en penses-tu ?

Jacob resta songeur. Il venait de passer une vingtaine de minutes à observer ce que Léonie aurait sans doute appelé « l'infiniment humain ». Ces êtres amochés par la vie avaient-ils besoin de soins, de sympathie, d'argent ou du secours des fées ?

Jacob méditait encore la question lorsqu'un premier « bonjour, docteur » lui rappela que le cousin de Léonie était également médecin. Plusieurs personnes réclamèrent l'attention de Max dès qu'ils eurent franchi la porte d'entrée de l'hôpital. Le Dr Larivière allait s'engager dans l'ascenseur, escorté par deux autres médecins, lorsqu'il parut se souvenir de la présence de son jeune compagnon.

— Jacob ! J'irai te reconduire chez Théo à l'heure du lunch. D'ici là, tu peux te promener à ta guise. Tiens...

Il tendit à Jacob un insigne plastifié avec la mention « STAGIAIRE ». Jacob se surprit à songer que Max ne s'était pas informé du but de sa visite à l'hôpital. Il aurait pourtant juré que le Dr Larivière, à l'instar de sa cousine d'ailleurs, savait exactement ce que Jacob venait y faire.

Jacob emprunta l'escalier. Il avait besoin d'être seul un moment pour se préparer à revoir sa princesse endormie.

Arrivé au cinquième étage, il longea un premier couloir et atteignit la porte de verre givré où il était écrit : « DÉFENSE D'ENTRER ». Il l'ouvrit et se dirigea vers la chambre où il avait trouvé Youriana. À quelques mètres de la porte, Jacob s'arrêta, oppressé par une foule de questions. Avait-elle ouvert les yeux ? Savait-elle qu'il existait et que sa vie était désormais liée à la sienne ? Était-elle toujours en vie ?

Il songea que si un changement important était survenu dans l'état de Youriana, son parrain l'aurait su et il l'en aurait informé lors de leur dernière conversation. Théodore Jobin était-il aussi bien renseigné qu'il le croyait ? L'état de santé de Youriana aurait pu se détériorer tout récemment. Max Larivière aurait-il averti son ami Théo en sachant que sa santé n'était pas très glorieuse ces jours-là ?

Jacob n'avait plus de doute quant à l'identité de la mystérieuse patiente du cinquième étage. Sa foi en l'existence des fées était parfaitement acquise. Il ne savait pas comment ni pourquoi Youriana avait quitté le royaume caché pour échouer dans une clairière près du manoir de son parrain. Mais il savait qu'elle était infiniment belle et précieuse et qu'il avait reçu pour mission de l'arracher à son coma en lui rapportant la pierre bleue de la reine fée Lauriane, sa mère.

Il savait aussi qu'il lui suffisait d'évoquer son nom ou d'imaginer son visage pour être envahi par un sentiment neuf et étourdissant. Il n'avait jamais rien éprouvé de semblable. Des filles l'avaient déjà attiré ou ému, mais cela n'avait rien à voir avec l'élan fabuleux qui le propulsait vers Youriana. Théodore s'était moqué de lui en disant qu'il était amoureux. Jacob songea que c'était bien pire et bien mieux : il était « enféé ». Totalement épris d'une fée.

Il aurait tant voulu parler à la princesse endormie. Lui dire qu'il était prêt à tout pour la sauver et qu'il serait volontiers parti sur-le-champ. Lui confier qu'il se sentait honoré d'avoir été choisi même s'il se demandait encore pourquoi et qu'il n'était pas sûr de le mériter. Lui laisser savoir aussi qu'il était prêt à tout pour prouver aux fées qu'elles avaient eu raison de l'élire.

Jacob découvrit qu'il tremblait. Il était planté au milieu d'un long corridor désert, le corps agité comme une feuille de bouleau au grand vent.

Une main se posa sur son épaule.

— Je vous attendais, dit une femme dont il reconnut la voix.

Il se retourna et lut sur son insigne qu'elle était infirmière. Garde Cantin. Il l'avait entendue discuter de l'état de Youriana lors de sa première visite.

— Le Dr Larivière m'a avertie que vous alliez venir. Je ne sais pas dans quel but vous désirez la voir. En tout cas, la visite d'un beau jeune homme ne peut que lui être salutaire.

Mille questions se pressaient aux lèvres de Jacob. Il aurait aimé que l'infirmière partage avec lui ce qu'elle savait sur la jeune patiente. Mais avant, surtout, plus que tout, il désirait voir Youriana.

— Merci, murmura-t-il d'une voix à peine audible.

La porte était ouverte. Elle était là, merveilleusement identique à ses souvenirs. Jacob en conçut un bonheur immense. Elle gisait immobile, perdue dans ses songes ou dans quelque autre univers et pourtant, dès qu'il l'aperçut, il eut l'impression de renaître. Tout son être chantait. Il s'amarrait. Il prenait racine. Il trouvait enfin sa place dans l'univers.

Youriana respirait sans bruit, tout doucement, sa poitrine se soulevant à peine. Rien d'autre ne remuait. Ni ses doigts, ni ses lèvres, ni ses paupières. Il aurait pu la contempler pendant des heures sans se lasser, mais cette fois, au lieu de se laisser émouvoir par la cascade de cheveux roux, le visage d'une délicatesse exquise, les longs bras fins posés sur la couverture et la frêle silhouette dessinée sous le drap, il laissa son œil magique lui livrer la princesse endormie.

Jacob vécut ce moment comme une faveur inespérée. Il éprouva d'abord une chaleur envoûtante. Puis une étreinte si tendre qu'il en aurait pleuré. Tous ses sens étaient en alerte. Il ne s'était jamais senti aussi fabuleusement vivant. Ni aussi riche, aussi plein, aussi débordant de force et d'énergie. Sans gestes ni paroles, par sa seule présence, la jeune fille devant lui l'inondait de joie. Une joie lumineuse. De celles qui nous donnent des ailes et nous propulsent vers des sommets insoupçonnés. Jacob sentit soudain qu'il était capable de toutes les bravoures. À condition que la princesse fée existe et qu'elle reste près de lui. Toujours.

Il n'avait plus besoin de vérifier. Il savait qu'elle portait une chaîne et un médaillon à son cou. Il s'approcha quand même, trop heureux d'avoir ce prétexte pour écarter doucement une mèche soyeuse de son cou, glisser timidement un doigt sous la fine chaîne dorée, atteindre le médaillon et l'ouvrir.

Il était vide, prêt à accueillir la pierre bleue. Jacob le referma. Il resta encore un long moment à contempler Youriana. Puis il se pencha vers son visage muet et pressa ses lèvres sur son front.

Il avait déjà embrassé une fille. Deux fois. De vrais baisers, longs et langoureux, mais qui n'avaient rien à voir avec cet effleurement merveilleux. Cette impression enchanteresse de fin du monde et de renaissance.

LE SECRET DE SIMON-PIERRE

À quinze heures, Max trouva Jacob endormi dans la chambre de la mystérieuse patiente portant le bracelet numéro 0001. La jeune fille à laquelle Théo tenait comme à la prunelle de ses yeux. Celle pour qui lui-même, à titre de directeur général et médical, avait commis un nombre incalculable d'entorses aux règlements, à la sécurité et au code déontologique. Pourquoi? Parce que Théodore Jobin, ce génie au caractère de chien en qui il avait aveuglément confiance, le lui demandait.

Jacob avait approché une chaise du lit de la patiente et il sommeillait, la tête abandonnée sur le matelas près de la main inerte de la jeune fille. Le Dr Larivière ébouriffa gentiment les cheveux de Jacob pour le réveiller.

— Pardonne-moi. La journée a été mouvementée. Je t'ai oublié. Je peux te conduire maintenant...

Jacob le suivit. Il n'était qu'à moitié présent, son esprit voguait encore dans des songes somptueux. Dehors, le ciel s'était déchaîné. Le vent fouettait la pluie en tous sens. Entre le stationnement et l'hôpital, visiteurs et employés couraient en s'abritant sous des parapluies qui résistaient mal aux bourrasques. Lorsque Max laissa Jacob devant le vieux manoir, le ciel déversait toujours des trombes d'eau.

Fandor se rua sur Jacob, bondissant et grattant le sol avec l'air de dire que la pluie ne comptait pas et qu'ils pouvaient très bien aller se promener. Jacob calmait l'animal avec des caresses lorsqu'une voix surgit derrière lui.

— Alors... Elle est toujours aussi belle ? demanda Théodore Jobin, sarcastique.

— Plus encore que dans mes souvenirs, répondit sèchement Jacob.

Il était heureux de voir que son parrain avait meilleure mine et que ses deux bras semblaient mobiles, mais déçu par son humeur belliqueuse.

— C'est fou, mais... on dirait presque que vous êtes jaloux, ajouta-t-il.

Les traits de Théodore se détendirent et il éclata d'un grand rire franc.

— Espèce de petit chenapan. Bien sûr que je crève de jalousie. Comment faire autrement ? Et puis, c'est la preuve que je suis encore vivant, non ? Alors... C'était bien ? insistat-il sur un ton plus doux.

— Oui... souffla Jacob en baissant la tête pour dissimuler son émotion.

Il se ressaisit avant de poursuivre.

— Je sens plus que jamais que je dois faire vite. Il faut que je retourne dans l'autre monde. Rapidement. Vous... vous comprenez ?

— Mieux encore que tu ne l'imagines. Mais il y a des processus qu'on ne peut accélérer, pas plus qu'on ne peut presser une fleur de s'ouvrir. Consacre-toi à tes entraînements, Jacob. Mets-y tout ton cœur, toute ton intelligence, toute ton énergie. Et ton âme aussi, si tu peux...

Le vieil homme s'était exprimé d'une voix grave empreinte d'affection. Jacob encaissa lentement ses paroles, puis il hocha la tête pour montrer qu'il avait bien entendu.

— Je vais voir Léonie, annonça-t-il en se dirigeant vers la cuisine.

— Impossible, l'avertit Théodore Jobin. Je lui ai donné congé pour la journée. C'est moi qui prépare le repas de ce soir. Rendez-vous à dix-sept heures pile dans la salle à manger. Bon. Disparais maintenant.

Le vieil homme se ravisa presque tout de suite.

— J'oubliais... Ta sœur a tenté de te joindre. C'est moi qui ai répondu. Même au téléphone, j'aurais juré qu'elle avait peur que je lui saute dessus et que je la mange toute crue. Je me demande bien ce qu'on a pu lui raconter à mon sujet... Tu lui expliqueras que j'adore dévorer les adolescents sauf qu'elle n'est pas mon genre, d'accord ?

Jacob ne put réprimer un sourire. Il se dirigea vers la bibliothèque, où il pourrait téléphoner à sa sœur en toute tranquillité.

La mère de Mérédith, l'amie de Jacinthe, répondit après trois sonneries. Elle le pria de patienter pendant qu'elle allait chercher Jacinthe. Il dut attendre un bon moment avant que la voix de sa sœur résonne à l'autre bout du fil.

— Jacob! Ça va? Je te rappelle dans quelques minutes...

Jacob n'eut pas le temps de répondre. Elle avait déjà raccroché.

Le ton de Jacinthe sonnait faux. En attendant l'appel de sa sœur, Jacob consulta la section des contes classiques dans l'imposante collection de livres de son parrain. Il avait lu *Barbe-Bleue, La Belle au bois dormant* et *Le Chat botté.* Il connaissait déjà l'histoire de *Cendrillon* grâce au film de Disney que sa sœur avait visionné un million de fois lorsqu'elle était petite. *Peau d'Âne* ne l'attirait pas. *Boucles d'or* non plus. Il choisit *Le Petit Poucet* dans une édition très ancienne illustrée par un certain Gustave Doré. La page couverture représentait une scène atroce : une espèce de gros dégoûtant armé d'un couteau géant prêt à trancher la tête d'un enfant.

La sonnerie du téléphone retentit avant qu'il n'ait pu entreprendre sa lecture. Le ton décontracté de Jacinthe avait disparu. Sa voix était pressante.

— Je t'avertis tout de suite : si tu as soudain l'impression que je perds la boule et que je parle de n'importe quoi, ça voudra simplement dire que quelqu'un vient d'entrer dans la pièce d'où je t'appelle. Compris?

Surpris, Jacob fit un signe de tête affirmatif même si sa sœur ne pouvait le voir.

— J'ai lu le journal de Mérédith, poursuivit-elle rapide-
ment. Ce n'est pas très correct, je sais, mais c'est comme ça.
Je n'ai pas pu résister. J'ai appris des choses importantes sur
Simon-Pierre... Tu m'écoutes, Jacob ? Tu es encore là ?

La nervosité de Jacinthe avait monté d'un cran. Elle
semblait prête à pleurer.

— Je suis là, répondit Jacob.

— Simon-Pierre était amoureux de Mérédith.

Elle fit une pause pour donner à son frère le temps d'ab-
sorber la nouvelle.

— C'est un peu ou peut-être beaucoup à cause de ça
qu'il est mort, je crois. Qu'il s'est tué... Tu comprends ? Ça
me rend folle, Jacob. Je vis avec elle... J'ai envie de lui arracher
les yeux et je fais semblant d'être sa copine. Je vais craquer.
Je n'en peux plus.

Cette fois, elle éclata en sanglots. Jacob attendit. Il refusait de s'abandonner à ses émotions. Il voulait d'abord savoir.
Et comprendre.

— Calme-toi... Tout va bien... Je suis là... dit-il pour
l'apaiser.

Jacinthe renifla deux ou trois coups avant de reprendre
son récit.

— Il faut vraiment que je me dépêche parce que j'ai peur
qu'ils arrivent tout à coup...

— Je t'écoute, la rassura Jacob.

— Simon-Pierre est tombé amoureux de Mérédith. Et je pense qu'elle aussi a eu un truc pour lui. Mais dans le cas de Simon-Pierre… bon, tu le connais, c'était très… intense. Et Mérédith est plutôt… superficielle. Simon-Pierre lui a écrit une lettre d'amour vraiment très belle. Je l'ai lue parce qu'elle était insérée dans le journal de Mérédith. Moi, si un jour un gars m'écrit une lettre pareille, je te jure…

« Simon-Pierre n'était pas si dingue. Il voyait encore clair parce qu'il a écrit à Mérédith qu'il aimait "la fille sous l'écorce", la "fée cachée". Il lui disait combien il la trouvait belle. Et c'est vrai ! Il faut l'avouer. Mérédith est pâmante. J'ai toujours été jalouse d'elle. Mais lui, Simon-Pierre, était persuadé qu'elle était aussi belle à l'intérieur, "sous les peurs et les camou-flages". C'est ce qu'il a écrit… »

— C'est vrai que ça ressemble à Simon-Pierre, ces mots-là, admit Jacob, la voix brisée par l'émotion.

— Je pense que Mérédith a vraiment ressenti quelque chose pour Simon. Mais pas longtemps… Selon ce que j'ai compris à la lecture du journal, ils se sont embrassés, elle lui a dit de jolies choses, et puis…

— Et puis… quoi !? s'impatienta Jacob.

— Quelques jours plus tard, Éliane s'est moquée de toi et de Simon. Tu te souviens ? Elle a ri de vos jeux inventés en vous traitant d'arriérés. Mérédith n'a rien dit. Elle a même ri, elle aussi. Simon-Pierre, ça l'a tué.

Jacinthe reprit son souffle. Jacob se sentait incapable d'émettre le moindre son.

— Mérédith écrit qu'elle a eu un peu honte après. À compter de ce jour-là, elle a espacé ses notes dans le journal et, quelques semaines plus tard, elle l'a complètement abandonné.

« À part les quelques fois où elle a parlé de Simon, il n'y a que des trucs insipides dans ce journal. C'est comme si, pendant un petit moment, Simon-Pierre avait réussi à la rendre un peu plus humaine... »

Jacinthe se tut. Jacob restait incapable de prononcer un mot. Il tenta d'imaginer son frère avec Mérédith. La scène lui parut grotesque. Mérédith était jolie. Et bien moulée. Tous les gars de l'école fantasmaient sur elle. Mais Jacob détestait cette fille. Une chipie. Une sotte. Sans cœur, sans âme. Comment Simon-Pierre avait-il pu se laisser leurrer?

— Il y a autre chose dont je veux te parler. C'est peut-être juste mon imagination, mais je trouve que le père de Mérédith s'intéresse bizarrement à ton parrain.

— Qu'est-ce que tu veux dire?

— Ça a commencé tout doucement... Monsieur Laplante a demandé des nouvelles de toi, puis de notre oncle. J'ai répondu vaguement, mais quelques jours plus tard, il a recommencé à poser des questions. Il voulait savoir, entre autres, si notre oncle « le très célèbre spécialiste des fées » était en bonne santé. Et s'il travaillait toujours. Je n'ai pas dit grand-chose parce que je n'en savais rien.

« Hier, il est revenu sur le sujet. Cette fois, il était très insistant. Il a fait valoir que tu étais sous sa responsabilité et qu'il avait besoin d'être un peu plus au courant de la situation. Je lui ai offert de te téléphoner ou de téléphoner à ton parrain, mais ça l'a exaspéré. Il m'a dit quelque chose du genre : " Je veux simplement savoir si le vieux est en état de s'occuper d'un adolescent ou si je devrais ramener ton frère ici. " »

— C'est étrange, admit Jacob. Lorsque j'ai mentionné aux parents de Mérédith que je pouvais aller chez mon parrain, Monsieur Laplante, le père de Mérédith, n'a rien dit de particulier. J'étais sûr qu'il ne le connaissait pas.

— Ah oui ? Super ! Tant mieux pour toi, lança Jacinthe sur un ton faussement gai. Et... salue Théo de ma part. Oui. À bientôt.

Un déclic annonça à Jacob que sa sœur avait raccroché.

LE CANIF

Jacob se présenta dans la salle à manger à dix-sept heures pile. Affamé. Il n'avait rien avalé depuis le déjeuner. Théodore Jobin avait réclamé de ne pas être dérangé pendant qu'il préparait le repas. Jacob n'avait donc pas osé entrer dans la cuisine pour y grappiller quelque chose.

Il entendit le bruit du fauteuil roulant de son parrain approchant de la salle à manger et le vit bientôt apparaître avec un grand plateau posé sur les accoudoirs. « Vieille tête de mule ! » songea Jacob. Il avait proposé à son parrain de l'aider. Toutefois, ce dernier avait refusé.

— Sa Majesté est servie ! déclara Théodore Jobin en s'arrêtant près de la chaise de Jacob.

Une cloche de métal recouvrait le repas. Théodore Jobin la souleva et tendit une assiette à Jacob, puis il fit rouler son fauteuil jusqu'à sa place devant son filleul.

Un sandwich ! C'est tout ce qu'il y avait dans l'assiette. Jacob considérait son repas avec stupéfaction. Il avait pris l'habitude des menus cinq étoiles de Léonie. Poulet à l'origan, porc en croûte, lasagnes crémeuses... Son parrain avait fait tout ce chichi pour accoucher de deux vulgaires sandwiches. Jacob n'en revenait pas.

— Mange avant que ça refroidisse, conseilla Théodore, narquois.

Jacob vérifia malgré tout. Le sandwich était froid. Il mordit tout de même dans son pain avec appétit. Après trois bouchées, il accorda mentalement la note de trois sur dix – au mieux! – au sandwich de Théo. Le pain n'était pas frais, il manquait de beurre, il y avait trop de moutarde, le jambon était coriace et tranché tellement épais que Jacob avait du mal à le déchirer avec ses dents et la traditionnelle tranche de fromage de tout sandwich respectable était tristement invisible.

Ils mangèrent en silence. Jacob était préoccupé par sa conversation avec Jacinthe. Son parrain l'observait, mais Jacob était trop absorbé pour s'en soucier.

— Tu en veux un autre? offrit Théodore Jobin lorsque Jacob eut terminé son sandwich.

— Non... merci.

— Tant mieux! répliqua l'oncle. J'ai raté ma spécialité – du macaroni au fromage en boîte – et l'idée de préparer un autre sandwich me démoralise complètement. Ne t'inquiète pas : Léonie rentre ce soir. C'est moi qui ai insisté pour qu'elle ne prépare rien avant de partir.

— J'aurais pu cuisiner quelque chose, fit valoir Jacob. J'arrive à me débrouiller.

— Ouais... J'imagine! Hot dog au ketchup et chips au vinaigre peut-être? Non, merci...

Théodore Jobin s'arrêta en pleine lancée. Jacob le fusillait d'un regard inquiétant. Il n'était visiblement pas d'humeur à se faire asticoter.

— Je retiens ta proposition pour une autre fois, reprit le vieil homme. En attendant, prouve-moi que tu sais faire bouillir de l'eau en nous rapportant du thé, veux-tu? Si tu as envie d'un dessert, fouille un peu, Léonie a toujours des réserves.

Jacob en profita pour desservir. Théodore Jobin avait à peine touché à son sandwich. Son filleul revint avec un plateau chargé d'une théière, de deux tasses et d'une assiette remplie de carrés aux dattes. Théodore s'étira gauchement pour prendre le sucrier au milieu de la table. Un objet tomba de sa poche. Jacob se pencha pour le ramasser.

C'était un minuscule canif bleu royal. Jacob le retourna dans sa paume pour vérifier l'autre côté. Un long frisson courut sur son corps. Trois lettres étaient gravées sur le canif: SPJ. Jacob déposa l'objet sur la table près de son oncle et retourna à sa place.

Une tempête déferlait en lui. Théodore Jobin cachait dans sa poche le canif fétiche de Simon-Pierre. Ce précieux talisman les avait accompagnés dans toutes leurs chevauchées alors qu'ils s'imaginaient être de grands guerriers sauveurs de l'humanité en pleine forêt de banlieue. Comment cet objet avait-il pu se retrouver là? Il n'y avait aucune raison pour que leur père confie ce souvenir de Simon-Pierre à un oncle qui ne le connaissait même pas.

Jacob détacha son regard du canif et vit que son parrain l'observait, impassible. D'un geste lent, Théodore Jobin referma une main sur le canif et le remisa dans sa poche.

— Où l'avez-vous trouvé ? demanda Jacob d'un ton accusateur.

— Je ne l'ai pas trouvé. Ton frère me l'a donné, rétorqua Théodore Jobin sans se départir de son calme.

— Vous l'avez rencontré ? Où ? Quand ? Pourquoi ?

— Il est venu ici. Comme toi... Sans avoir été invité, répondit l'oncle.

Jacob était tout oreilles. Des gouttes de sueur perlaient au front de son oncle. Pourtant, il ne semblait pas nerveux.

— Il est venu ici deux mois avant de s'enlever la vie. Il avait lu mon encyclopédie et...

Théodore Jobin grimaça de douleur. Il était pâle et respirait bruyamment. Ses mâchoires se crispèrent. Il ferma les yeux et attendit que passe le malaise.

Jacob fit un geste pour aller vers son oncle.

— Laisse... grommela le vieil homme avec humeur. C'est cette maudite potion !

Il se mit à trembler, puis le haut de son corps fut agité de soubresauts. Jacob n'osait plus bouger.

— Je refuse de mourir avant d'avoir arraché ses secrets à ce damné liquide, déclara l'oncle dès que les spasmes disparurent. Tu devrais m'aider à résoudre cette énigme au lieu de jouer à l'inquisiteur. Pauvre naïf ! Si tu savais...

Sa voix s'étrangla sur les derniers mots. La souffrance décomposait ses traits. Jacob se dirigea vers la cuisine pour composer le numéro d'urgence, mais Léonie l'intercepta dans le corridor. En l'apercevant, elle devina ce qui arrivait et se rua vers Théodore.

Pendant la demi-heure qui suivit, Jacob obéit aux ordres de Léonie. Il roula le fauteuil de Théodore jusqu'à sa chambre où Léonie dégagea une civière à manivelle sous le lit. Avec des gestes précis, elle abaissa le dos et les bras de la chaise roulante pendant que Jacob supportait son parrain. Elle expliqua à Jacob comment l'aider à transférer Théodore sur la civière, à le hisser jusqu'au matelas, puis à utiliser le drap de la civière pour déménager Théodore dans son lit.

Le vieil homme respirait toujours difficilement et il semblait en proie à de grandes souffrances. Son regard n'avait pourtant rien d'implorant. Il subissait stoïquement l'attaque dont il était victime. Ce n'était sans doute pas la première.

— D'habitude, c'est moins pire, admit Léonie comme si elle avait eu accès aux pensées de Jacob. Il a dû augmenter ou réduire sensiblement la dose habituelle. Et peut-être aussi expérimenter une nouvelle dilution. À moins qu'il n'arrive plus à contrôler ce poison !

Elle poussa un soupir qui exprimait à la fois un profond découragement et une tendresse sans borne.

— Merci, je n'aurai plus besoin de toi maintenant, déclara-t-elle.

Jacob ne pouvait se résoudre à quitter la pièce. Il observa Léonie pendant qu'elle remplissait une seringue d'un liquide ambré, remontait la manche de la chemise de Théodore, nettoyait une surface de son avant-bras avec un tampon et y plantait l'aiguille.

L'effet fut presque instantané. Le visage du vieil homme se détendit, ses muscles se relâchèrent et il s'assoupit. Jacob fit quelques pas à reculons en se demandant si Théodore Jobin était encore un grand savant ou s'il n'était plus qu'un vieillard un peu fou.

Fandor patientait devant la porte menant aux quartiers de l'oncle. Il guida Jacob d'un pas pesant jusqu'à la bibliothèque. «À croire que cette bête sait exactement où j'en suis et ce que je veux faire», songea Jacob.

Il composa le numéro de la famille Laplante et à son grand soulagement, Jacinthe répondit. Les parents de Mérédith étaient sortis et cette dernière avait accompagné Éliane à une soirée. Jacinthe était restée derrière en prétextant une migraine carabinée.

— J'ai un service à te demander, commença Jacob. Je voudrais que tu retournes à la maison. Dis-leur que tu as oublié quelque chose... Fouille dans la chambre de Simon.

— Pourquoi?

— Il y a du neuf de mon côté aussi. Simon-Pierre est venu rendre visite à notre oncle quelques mois avant de mourir.

— T'es sûr? Pourquoi?

— Je ne sais pas.

— Demande-lui!

— Je voudrais bien, mais il est trop malade pour le moment. Léonie vient de lui administrer un médicament puissant. Il dort. Je ne sais pas pour combien de temps.

«Ça m'a donné un coup, Jacinthe, poursuivit Jacob d'une voix cassée. J'ai vu le canif de Simon-Pierre. Tu sais... le petit bleu qu'il avait toujours sur lui... Eh bien, il est tombé de la poche de Théodore.»

Jacinthe respirait bruyamment à l'autre bout du fil. Elle attendit que Jacob poursuive.

— Mon parrain me cache des choses. Simon-Pierre est venu le voir deux mois avant de s'enlever la vie, mais Théodore Jobin ne m'en a rien dit. Si le canif n'était pas tombé de sa poche, je ne l'aurais jamais su.

— Tu voudrais que je trouve quoi ?

— Je ne sais pas... Notre oncle dit que Simon-Pierre est arrivé sans avoir été invité et qu'il avait lu son encyclopédie des fées. Regarde pour des indices dans la chambre de Simon. Un livre, des notes...

— Je vais trouver une façon de retourner à la maison, promit Jacinthe. Je devrais pouvoir te rappeler demain.

— C'est bon. Je vais attendre ton appel. Ah oui... Essaie de faire parler le père de Mérédith. Il faudrait avoir une idée de ce qu'il sait de notre oncle.

— O.K. J'allais oublier ! J'ai reçu une carte postale des parents. Rien de spécial. Un message typique de carte postale. Ils s'amusent bien, mais ils s'ennuient de nous.

— Hum... Et ils reviennent quand ?

— Le 17 juillet. Comme prévu. Dans huit jours...

Jacob salua sa sœur et raccrocha. Son cœur battait à tout rompre. Huit jours !

L'étau se resserrait. L'urgence était double désormais. Les jours étaient comptés ici même comme au royaume caché.

L'IMMENSÉMENT GRAND

Fandor réveilla son jeune ami à grands coups de langue baveuse. Par la fenêtre du grenier, Jacob découvrit un ciel splendide d'une limpidité absolue. Ils descendirent ensemble à la cuisine où Léonie battait les œufs d'une omelette au fromage. Jacob s'informa d'abord de l'état de santé de son parrain.

— Pas plus mal qu'hier, répondit Léonie, évasive.

À demi rassuré, il attaqua :

— Simon-Pierre est venu ici et vous ne m'avez rien dit.

Léonie ajouta quelques gouttes de lait au mélange d'œufs puis se tourna vers son interlocuteur. Son visage ne trahissait aucun embarras.

— Mon frère s'est tué ! lança Jacob en criant presque. C'est normal que j'aie envie de savoir ce qu'il a fait, pensé et vécu avant, non ?

Léonie quitta la plaque de cuisson pour s'asseoir devant Jacob à la table de cuisine.

— Tu as raison, l'assura-t-elle d'une voix douce. C'est absolument normal. Tu avais le droit de savoir. Je comprends que tu en veuilles à ton parrain.

Elle semblait insinuer qu'elle-même n'y était pour rien.

— Mon parrain n'est pas le seul à vivre ici. Vous avez rencontré mon frère vous aussi. Vous auriez pu...

Léonie posa sur lui un regard empreint de tant de bienveillance qu'il s'en voulut aussitôt de l'avoir accusée.

— Non, Jacob. Je n'aurais pas pu. La décision appartenait à ton parrain. Chacun de nous a son rôle à jouer et sa mission à accomplir.

— Eh bien, justement, la mienne est en péril. Je suis prêt à courir jusqu'à me vomir les tripes et j'accepterais de scruter une patte de maringouin pendant toute la journée si nécessaire, mais je dois partir. Le temps joue contre moi. Là-bas comme ici. Mes parents reviennent dans une semaine. Je vais devoir retourner à la maison et il faut que je sois ici pour passer dans l'autre monde.

— C'est vrai. Tu as entièrement raison, admit Léonie. Si tu veux, je peux m'occuper de tes parents. D'accord ?

Jacob approuva d'un signe de tête. Il ne savait pas comment elle ferait, mais il sentait qu'il pouvait lui faire confiance.

Léonie lui fit quelques recommandations avant qu'il n'amorce sa deuxième journée d'entraînement :

— Même routine qu'avant-hier à deux exceptions près. Cette fois, tu gardes ta montre en main. Prends-en grand soin. Après l'heure de course, tu peux contempler l'immensément grand ou l'infiniment petit. Ah oui... Je te suggère de revenir sur tes pas au bout de trente minutes.

Une crampe l'obligea à ralentir après seulement dix minutes de course. Il éprouva des difficultés pendant tout le reste de la première demi-heure. Dès que la douleur disparut, il accéléra autant qu'il pouvait, mû par l'espoir secret de prouver ainsi aux fées qu'il était bien en forme et prêt à repartir.

Lorsque Jacob se retrouva devant le manoir de son parrain après une heure de course, il s'arrêta net. Le sang battait à ses tempes, sa tête menaçait d'éclater et de violentes nausées lui soulevaient l'estomac. Il tituba jusqu'au jardin, où il s'écroula dans l'herbe haute semée de pissenlits et de fleurs vivaces oubliées.

Des images surgirent. Il revit Petit Poilu sautillant dans la clairière après leur pénible randonnée sous les collines des roufs. Son petit protégé lui manquait. Jacob tomba endormi en l'imaginant, blotti contre sa poitrine, bien au chaud.

À son réveil, Jacob choisit de se consacrer à l'immensément grand. Des troupeaux de nuages avaient envahi le ciel. Jacob y débusqua des monstres effroyables et des créatures fabuleuses.

Un oiseau de proie traversa lentement le ciel et revint planer au-dessus du jardin. Jacob se laissa porter par ses larges ailes pendant un long moment avant de se retourner sur le ventre pour plonger son regard dans la forêt de tiges, de feuilles et de fleurs. Le temps n'avait plus d'importance, ni de poids ni d'épaisseur. Il était presque heureux de s'immerger dans cette méditation.

Une libellule se posa à quelques centimètres de son nez. Le soleil dardait ses rayons sur les longues ailes frémissantes en provoquant une explosion de couleurs nacrées. Jacob admira la finesse des ailes, leur transparence et le dessin délicat des nervures. « Les ailes des fées doivent leur ressembler », songea-t-il.

Les heures de contemplation coulèrent tout doucement. Jacob gardait la vieille montre dans sa main, content de sentir le mouvement des aiguilles dans sa paume. Il découvrait la magie du silence et de l'immobilité. Il chercha des mots pour décrire ce qu'il ressentait au terme de l'exercice. « Léger », décida-t-il. « Riche et puissant », ajouta-t-il presque tout de suite.

Jacob termina son entraînement physique par une longue marche en compagnie de Fandor dans les sentiers près du manoir. Puis il s'installa dans la vaste bibliothèque où il choisit *La Reine des Neiges* de Hans Christian Andersen et *Hansel et Gretel* des frères Grimm. Sitôt ces lectures terminées, il composa le numéro des Laplante et laissa sonner longtemps sans obtenir de réponse.

Jacob réalisa qu'il n'avait rien mangé depuis le petit-déjeuner. Il trouva un sandwich aux œufs et un carré aux dattes sur le comptoir de cuisine. Sitôt repu, il fit une deuxième tentative et obtint Jacinthe à l'autre bout du fil.

— J'ai entendu la sonnerie tout à l'heure, dit-elle. Je n'ai pas répondu parce que Mérédith était à côté de moi. Je suis au salon maintenant et elle est restée au sous-sol. Mais sa mère pourrait rentrer à tout moment...

— As-tu pu fouiller la chambre de Simon-Pierre ?

— Non. Pas encore... Mais j'ai parlé avec le père de Mérédith. Savais-tu que Stéphane Laplante possède des informations sur notre oncle parce que son père, le grand-père de Mérédith, a travaillé avec Théodore Jobin ? Le vieux Monsieur Laplante était président d'un truc... un conseil d'administration lié à l'hôpital de Westville... un truc du genre. Notre oncle s'est disputé avec lui.

« Le père de Mérédith dit que ton parrain est un homme dangereux. Il n'a pas mis de gants blancs, je t'assure. Il affirme que s'il avait fait le lien quand tu lui as parlé de séjourner chez ton parrain, il ne t'aurait pas laissé y aller. Depuis, il est inquiet. Et honnêtement, je dois dire qu'il a l'air sincère. »

— Continue...

— Ton parrain a fait une découverte scientifique importante il y a plusieurs années. À l'époque, papa et lui travaillaient ensemble à l'Institut où papa est resté. Tout le monde là-bas était très fier de ce que venait de réaliser notre oncle. Toutefois, selon Stéphane Laplante, ton parrain est un excentrique à l'esprit complètement tordu.

« Il voulait créer une sorte de potion de jouvence avec sa découverte. Et il était prêt à passer par-dessus toutes les lois. Monsieur Laplante dit que notre oncle a fait pression pour que l'Institut de recherche utilise des humains comme cobayes dans des conditions inacceptables et avec des risques très importants. Il dit aussi que Théodore Jobin a fraudé l'Institut en se sauvant avec des notes et des documents. Ils l'ont congédié. C'est pour ça que papa s'est brouillé avec lui et que nous avons grandi sans le connaître. »

Jacob aurait voulu être devant le père de Mérédith pour l'entendre raconter lui-même cette histoire. Grâce à son œil magique, il aurait pu savoir s'il disait vrai. Le récit était plausible. Si c'était la vérité, Théodore Jobin avait menti à son filleul. Ce n'était pas le conseil d'administration qui voulait s'engager sur des voies douteuses, c'était le scientifique lui-même !

Et Youriana dans tout ça ? Théodore Jobin avait raconté à son filleul qu'il s'était battu pour la protéger contre les chercheurs sans scrupules de l'Institut. Ce qu'il avait dit à propos de Youriana était-il faux également ? Cela signifiait-il qu'elle n'était pas en sécurité au cinquième étage de l'hôpital de Sainte-Lucie ?

Le père de Mérédith jurait que Théodore Jobin était prêt à tout pour arriver à ses fins. Jacob avait déjà été témoin de la détermination de son oncle, de son caractère excessif et de ses rages soudaines. Pouvait-il se livrer à des expérimentations douteuses ou même criminelles ? Le vieil homme avait admis qu'il travaillait à un sérum ayant un pouvoir de régénération cellulaire. Voilà qui n'était pas bien loin de la potion de jouvence qu'évoquait Stéphane Laplante. Théodore Jobin disait que le cobaye, c'était lui, mais rien ne l'empêchait d'expérimenter également sur Youriana.

Une seule idée obsédait Jacob. Sa princesse fée était peut-être en danger.

LE CERCLE DES FÉES

Durant la semaine qui suivit, Jacob courut, lut, dormit et contempla l'univers chaque jour. Il y mit toute son énergie, toute sa foi et toute son ardeur. Il devait parfois déployer des efforts titanesques pour ne pas abandonner et courir jusqu'à Sainte-Lucie afin de revoir Youriana. Au lieu de cela, il se consacrait totalement à son entraînement en espérant que les fées lui tendraient bientôt la clé du royaume caché.

L'état de santé de Théodore Jobin présentait un parcours en montagnes russes avec des rechutes de plus en plus fréquentes et débilitantes. Léonie avertit Jacob qu'il ne devait sous aucun prétexte aborder des sujets délicats avec son parrain.

— Il a besoin de toutes ses forces pour lutter, expliqua-t-elle calmement alors même que son regard trahissait sa détresse.

De son côté, Jacinthe fouilla de fond en comble la chambre de Simon-Pierre et ne trouva aucune trace d'une correspondance avec son oncle. Elle mit toutefois la main sur un petit livre écorné, *La Morale des fées*, d'Anaïs Abercorn, dans lequel un bref passage était souligné :

Les fées sont aussi vraies que le soleil, la terre et l'eau. Elles ont été créées pour préserver la beauté du monde et rappeler aux humains les vertus de l'émerveillement et l'importance de réenchanter l'univers.

Le soir de son quatrième entraînement, Jacob apprit de Jacinthe qu'elle partait quelques jours avec Mérédith et ses parents pour Martha's Vineyard, un lieu de villégiature très huppé où Stéphane Laplante devait participer à un congrès médical.

— Il n'est pas médecin pourtant, remarqua Jacob.

— Non. Mais il est le patron de Proxima, « la plus grosse, la plus performante et la plus importante compagnie pharmaceutique du monde », si on se fie à ce qu'il dit... C'est un peu normal qu'il soit copain-copain avec des médecins.

Jacob sentit que son cœur ratait quelques battements. Il venait tout juste de saisir l'identité du père de Mérédith et s'en trouva bien bête. Stéphane Laplante était le fils de l'ex-président du conseil d'administration qui avait congédié Théodore Jobin. Il était également le propriétaire d'une compagnie pharmaceutique ayant d'excellentes raisons de s'intéresser au sérum qu'avait découvert le parrain de Jacob. Enfin, le père de Mérédith était maintenant président du conseil d'administration de l'Institut de recherche affilié au Centre universitaire de santé de Westville. Ces révélations étourdissaient Jacob. Il avait plus que jamais le sentiment d'un danger imminent. Ici comme ailleurs.

Ce même soir, Jacob réfléchit longuement, étendu dans son lit au grenier avec Fandor ronflant à ses côtés. Il pensait à l'hydransie et au sérum de son parrain, à la misère de ceux que Léonie appelait «les tristement démunis» et à la beauté troublante des papillons à cet instant précis où leurs ailes se replient. Il songea aussi à son père et à ses liens avec l'Institut. Son père avait-il eu raison d'abandonner Théodore pour se ranger du côté de l'administration? Les propos que rapportait Stéphane Laplante sur Théodore Jobin étaient-ils justes? Ou cet homme était-il lui-même animé par des motivations douteuses?

Au terme de sa méditation, Jacob craignit encore une fois que les fées aient erré en le choisissant et qu'il ne soit jamais à la hauteur de ce qu'on attendait de lui. Il parvint toutefois à chasser l'angoisse et à admettre que depuis le premier entraînement, il se sentait de jour en jour plus solide, plus fort et plus sûr de lui.

Il lui arrivait parfois d'anticiper avec un certain plaisir les heures de contemplation. Déjà, il avait expérimenté toutes sortes de silences et été témoin d'une foule de petits miracles. Les splendides métamorphoses du ciel, le vol soudain d'un oiseau surgi des hautes herbes, les sautes d'humeur du vent, les éclaboussures de lumière lorsque le soleil émergeait d'un nuage... Il s'était totalement perdu dans une goutte d'eau, un grain de sable et la surface lisse d'un petit caillou blanc.

Au cours de la nuit suivant son cinquième jour d'entraînement, Jacob se leva pour boire de l'eau fraîche à la cuisine. En passant devant les quartiers de son parrain, il entendit des lamentations tellement déchirantes qu'il eut envie de se précipiter à son chevet. Il se retint en songeant que Léonie y était sûrement et que son oncle ne souhaitait sans doute pas le voir. Il restait presque toujours enfermé dans sa chambre et il n'avait plus réclamé Jacob à son chevet.

Cette même nuit, Jacob fit un cauchemar. Au lieu de l'oncle, c'était Youriana qui poussait des plaintes atroces. Jacob accourait à son chevet. Elle était plus pâle qu'une lune d'hiver mourant lentement dans le ciel. Elle s'éteignait dans la souffrance parce qu'il n'avait pas rapporté la pierre bleue à temps.

Au matin de son sixième jour d'entraînement, Léonie annonça à Jacob que ses parents devaient prolonger leur voyage d'une semaine. Le navire de croisière sur lequel ils s'étaient embarqués avait eu des ennuis mécaniques. Jacob eut beau scruter le visage de Léonie, rien ne lui permit de déterminer si ces événements étaient le fruit du hasard ou si, par quelque recours merveilleux, ils avaient été provoqués par la fée-marraine du manoir.

Jacob profita de cette conversation pour demander à Léonie si le nom de Stéphane Laplante lui disait quelque chose.

— Le père de Mérédith? Bien sûr, répliqua Léonie.

Jacob s'était attendu à une réponse évasive. À la place, Léonie avait répondu sans hésiter.

— Vous le connaissez? Que savez-vous de lui? s'enquit Jacob.

— Je ne l'ai jamais rencontré, mais Théodore le connaît. Et il le déteste.

— Pourquoi? voulut savoir Jacob.

— Honnêtement, je n'en ai pas la moindre idée, répondit Léonie avec un petit sourire navré.

Ce jour-là, Jacob fit une découverte cruciale. Il parvint à se concentrer totalement sur sa respiration et réussit à courir plus vite qu'il n'avait jamais couru et à maintenir ce rythme pendant très longtemps. À un certain moment, il eut l'impression de se détacher de son corps. Il savait que tous ses muscles élançaient, mais il arrivait à se dissocier de la douleur. Il apprit ainsi qu'il pouvait chasser des sensations par sa seule volonté.

Le lendemain, au petit-déjeuner, Léonie le surprit à caresser les lettres gravées sur la vieille montre qui ne le quittait plus.

— Qui a eu l'idée de graver vos prénoms en mélangeant les lettres comme si c'était un secret ? demanda Jacob.

Le regard de Léonie se voila.

— C'est ton oncle qui a fait graver les lettres. Quant à savoir pourquoi il a inventé ce camouflage, lui seul peut répondre.

Jacob perçut la tristesse de Léonie. Sa relation à Théodore était tissée de douleur, de secrets, de renoncements.

Léonie s'approcha de Jacob et prit sa main droite, celle qui tenait la montre, entre ses mains. Jacob comprit qu'elle allait lui faire une révélation importante. Ce qu'elle lui confia n'avait pourtant rien à voir avec ce qu'il avait anticipé.

— Je sais que tu te demandes encore pourquoi les fées t'ont choisi, commença-t-elle. Je ne peux pas te donner de grandes explications. Cependant, je suis persuadée qu'elles ont vu clair. Elles t'ont élu pour les mêmes raisons qu'elles se sont approchées de Théo et de ton frère. Si leur choix s'est finalement arrêté sur toi, c'est parce que tu possèdes des qualités qui leur manquaient.

Léonie s'arrêta. Elle cherchait les mots justes.

— Il manquait à l'un la capacité d'abandon et à l'autre la révolte nécessaire pour l'action.

Jacob laissa ce verdict se frayer un chemin jusqu'à lui. Il avait l'impression de comprendre, mais souhaitait néanmoins que Léonie poursuive.

— Ton frère était aussi sensible et intelligent que toi, enchaîna Léonie. Il pouvait se passionner, aimer sans compter ni calculer. Et s'abandonner. Je l'adorais, murmurat-elle, les yeux brillants. Mais Simon-Pierre n'a jamais appris la révolte. C'est pourtant salutaire. Parfois même nécessaire...

Léonie se laissa porter par des souvenirs avant de reprendre. Jacob buvait ses paroles, osant à peine respirer.

— Ton oncle a la révolte facile. C'est un homme de luttes et d'action. Malheureusement, il ne sait pas s'abandonner. Il a du mal à laisser parler son cœur et à aller au bout de ses espérances.

— Vous l'aimez... souffla Jacob, ému.

Léonie leva vers lui un regard qui disait tout.

À son septième jour d'entraînement, Jacob eut le sentiment d'être né pour courir tant son mouvement était ample et harmonieux. Après, au lieu de dormir, il s'allongea dans l'herbe haute derrière le manoir et réfléchit à sa mission. Il n'imagina pas de scènes particulières et n'anticipa aucun événement précis. Il s'attarda simplement à reconnaître les forces vitales en lui et à méditer sur les grands enjeux attachés à sa quête. Youriana, bien sûr, mais aussi la survie des petits peuples et la lutte contre Zarcofo pour repousser la Grande Obscurité et faire triompher l'enchantement.

Deux heures plus tard, il s'assit, jambes repliées, et fixa l'horizon. Il resta ainsi pendant plus d'une heure encore, sans bouger. Il ne contemplait ni le ciel, ni l'herbe, ni les fleurs. Son regard était tourné vers l'intérieur. Il communiait avec lui-même. Lorsqu'il se releva, Fandor quitta son poste d'observation à cinquante mètres de là et courut vers lui.

La grosse bête entraîna Jacob vers un sentier qu'ils avaient déjà emprunté. Ils atteignirent assez rapidement une petite clairière charmante. Jacob reconnut les lieux. C'est dans cet espace dégagé, tout à fait étonnant en pleine forêt, qu'il s'était senti pour la première fois inspiré et ému par la nature autour de lui. Il avança, mû par un élan subit, mais s'arrêta presque aussitôt comme devant une frontière invisible.

Un long frisson parcourut Jacob. Son œil magique le bombardait d'images. Il venait de découvrir le lieu où Théodore avait trouvé Youriana. Et ce lieu était magique.

C'était un cercle de fées.

Il en était sûr.

Jacob ferma les yeux et il vit Youriana telle que son parrain l'avait trouvée. Des fées amies l'avaient déposée là. Elle avait vécu douloureusement le passage entre les deux mondes. Elle avait dû lutter contre des puissances ennemies qui avaient tout mis en œuvre pour la retenir là-bas, dans ce royaume caché où Zarcofo voulait en faire sa prisonnière et la ranger parmi ses trésors. Le sorcier avait des émissaires ici. Des forces maléfiques rôdaient autour du cercle des fées.

Jacob vit un objet briller parmi les herbes. Il se pencha pour le cueillir. C'était un stylo sans valeur en métal argenté. Jacob le fit rouler entre ses doigts et put lire un nom de compagnie, imprimé en lettres noires : *Proxima.*

Il glissa le stylo dans une de ses poches, nullement surpris par sa découverte. Puis il avança lentement vers le milieu du cercle. Chacun de ses pas le rendait plus léger. Le cercle était resté magique. Les fées y avaient laissé leur trace. Jacob récita de mémoire un passage de l'encyclopédie de son oncle sur les cercles des fées :

> *En y pénétrant, le rare visiteur admis peut sentir une pluie invisible de poussière d'étoile. Un parfum d'aurore. Un froissement d'aile. Le chant du monde...*

Il s'écroula presque sans bruit. Fandor repartit lentement vers le manoir.

LE TROUPEAU INFERNAL

Pendant un bref moment, Jacob sentit qu'il n'était plus qu'une enveloppe vide, sans poids. Puis il eut l'impression d'atterrir brutalement dans son propre corps. Il se souvint immédiatement du lieu où il était et de ce qui lui arrivait. Il reprenait son périple au royaume caché exactement là où il l'avait abandonné.

Des taureaux sanguinaires couraient à ses trousses. Un animal de la taille d'un cheval, mais ressemblant énormément à Fandor, lui servait de monture. Petit Poilu, le bébé xélou dont il avait la charge, était enfoui sous sa chemise. Ils traversaient à folle allure une prairie envahie par les bêtes féroces. Au loin, Jacob pouvait distinguer la haute muraille des montagnes de Tar. La peur lui collait au ventre, mais en même temps, une énergie puissante le galvanisait. Il était de retour. Enfin.

Le chien-cheval qu'il appelait Fandor avait été encorné à un flanc. D'un coup d'œil rapide, Jacob vit que l'animal saignait abondamment. La pauvre bête ne pourrait avancer longtemps à ce rythme. Bientôt, un taureau les rattraperait. Jacob avait déjà croisé le regard d'une de ces créatures : deux grosses billes glauques parcourues d'éclairs rouges et brillants de cruauté.

Depuis l'assaut dont il avait été victime, Fandor n'avait pas encore ralenti. Jacob enfonça ses doigts dans la toison de sa monture pour réaffirmer sa prise. Le cœur de Petit Poilu battait à coups affolés contre la poitrine de son protecteur. La minuscule créature griffait la peau de Jacob pour lui communiquer sa peur et son désir que cesse cette course insensée.

Le ciel s'assombrit brusquement. Aussitôt, les taureaux ralentirent. Jacob jeta un œil de côté puis tourna la tête pour voir derrière lui. Les taureaux avaient déjà perdu un peu de terrain. Plusieurs bêtes s'étaient même immobilisées. Suffisait-il que le temps devienne incertain pour que ces créatures monstrueuses abandonnent la partie?

Soudain, le troupeau en entier repartit au grand galop, le regard affolé, mais en s'éloignant de Fandor cette fois. L'écho de la cavalcade emplit la vallée. Jacob découvrit que les taureaux retournaient vers le lieu d'où ils avaient surgi : la forêt au pied des montagnes de Tar.

La folle poursuite semblait terminée. Pourtant, Jacob ne se sentait guère soulagé. L'angoisse lui creusait les entrailles. Le ciel était presque noir et seule la rumeur lointaine des sabots résonnait encore dans l'espace. Quelque chose se tramait. Un événement étrange allait se produire. Jacob le pressentait.

Le troupeau infernal avait forcé Fandor à filer vers l'ouest en longeant les montagnes aux pics vertigineux. Jacob contempla les hauts sommets sur sa droite. La carte dont il avait hérité indiquait une route derrière ces montagnes et cette route s'étirait jusqu'au château de la reine des fées. En scrutant la barrière rocheuse, Jacob crut distinguer une trouée. C'était peut-être un passage vers le chemin qu'il devait atteindre.

Il voulut foncer dans cette direction, mais Fandor résista. L'animal visait un plateau surélevé en direction opposée.

Des éclairs jaunes fracassèrent le ciel obscur. Jacob en compta trois. Chacun d'eux fut suivi de grondements sourds qui ne semblaient pas simplement annonciateurs d'un orage. On aurait dit les grognements d'un monstre furieux. Fandor continua à avancer vers le haut plateau derrière lequel l'horizon semblait basculer.

À mi-hauteur, la pauvre bête chancela. Jacob dut s'agripper à son pelage pour ne pas tomber. Une plainte rauque s'échappa de la gorge de l'animal. Au même moment, une longue déchirure lumineuse traversa le ciel. Puis tout redevint noir. Jacob compta : mille un, mille deux, mille trois, mille... Un éclair bleu zébra l'espace dans un fracas de fin du monde. Le ciel resta longtemps illuminé. Puis, un lourd silence s'abattit. On eût dit que tout ce qui bougeait, respirait, vivait et mourait s'était immobilisé. Petit Poilu couina sous la chemise de son protecteur.

Le ciel s'ouvrit subitement et une pluie diluvienne s'abattit. Une averse comme Jacob n'en avait jamais vue. À croire que le ciel déversait son eau pour les millénaires à venir. La pluie abolit instantanément tout repère. Fandor poursuivit son ascension vers le plateau comme s'il était guidé par un phare invisible. Son souffle était rauque et traversé d'un sifflement plaintif.

L'animal trébucha et reprit pied de justesse. Jacob comprit qu'il risquait de s'écrouler et de les écraser, Petit Poilu et lui. Il devait toutefois rester sur sa monture, car Fandor lui servait aussi de guide. Lui seul parvenait à discerner son chemin malgré l'orage.

Jacob devinait qu'ils étaient tout près du plateau. Il se pencha sur sa monture.

— Tiens bon, Fandor ! hurla-t-il pour couvrir le vacarme de la pluie.

L'animal parvint miraculeusement à accélérer un peu. Jacob sentit les efforts douloureux de la pauvre bête jusque dans son propre corps.

La pluie cessa d'un coup. Fandor s'immobilisa aussitôt et un pâle soleil éclaira le ciel. Jacob poussa un cri de stupeur en découvrant qu'ils étaient perchés au sommet d'une falaise ouverte sur un cratère géant.

Fandor s'écroula. Le sol se dérobait sous lui. Affolé, Petit Poilu griffa la poitrine de Jacob pendant qu'il basculait dans le vide.

ROSIE

Jacob ouvrit les yeux sur un ciel majestueusement bleu. Il se souvenait d'avoir effectué un long vol plané. Pourtant, il ne ressentait aucune douleur. Il resta un moment étendu sur le dos, surpris de découvrir qu'il n'était pas blessé.

Des parfums floraux flottaient dans l'air, mêlés à des odeurs musquées, humaines ou animales. En étirant le cou, Jacob aperçut le mur d'une falaise au loin et une prairie herbeuse plus près. Il semblait couché sur une petite colline. Il voulut s'asseoir pour mieux voir et constata aussitôt, avec stupeur, que le sol bougeait.

Du regard, il chercha Fandor et Petit Poilu, mais ne vit que de l'herbe semée de fleurs sauvages, quelques arbres au loin et des murs rocheux en arrière-plan. Il se sentit horriblement seul et terrifié à l'idée d'avoir perdu ses deux compagnons.

Jacob se releva précipitamment, perdit aussitôt l'équilibre et débdéboula une petite pente. Il se sentit alors soulevé de terre, le corps serré dans un étau, et fut témoin d'une apparition stupéfiante.

Jacob ne distingua d'abord qu'une masse ronde. Il reconnut ensuite un certain nombre d'éléments étonnants et conclut qu'il avait devant lui une tête énorme. Les traits du visage ressemblaient en tous points à ceux d'un humain, mais surdimensionnés. Les yeux étaient d'un bleu très vif, les sourcils épais, le nez large et épaté avec des narines caverneuses hérissées de poils drus. L'individu portait de longs cheveux sombres attachés à la nuque et une barbe impressionnante.

Jacob déglutit. Tous ces sens étaient en alerte. Il explora de mémoire la carte du royaume caché. En bas, à gauche, un peu au nord de la rivière des chouyas, existait un territoire au nom évocateur : le cratère des géants. Jacob comprit qu'il se tenait présentement dans la paume d'un des habitants de ce cratère.

— Tiens, Rosie ! dit le géant en déposant Jacob dans la main d'un autre individu. Je te félicite, ma belle. Sans toi, le petit inconnu n'existerait plus.

Jacob leva les yeux et étouffa un cri d'effroi. La géante qui le tenait dans sa main avait le visage troué. À la place de l'œil droit, il n'existait plus qu'une cavité au fond de laquelle palpitait un écran de peau translucide. C'était horrible à voir.

Le reste du visage était beau. Son œil unique était aussi bleu que celui du géant, qui devait être son père.

La fillette géante approcha son autre bras de Jacob comme pour toucher celui-ci, mais au dernier moment elle l'éloigna, gênée. Un voile de tristesse brouilla son regard. Jacob avait suffisamment vu le bras qu'elle dissimulait désormais pour comprendre la cause de son embarras. La fillette hésitait à le toucher parce que l'extrémité de son bras droit n'était qu'une bouillie de chair cicatrisée.

— Bonjour... risqua la petite géante en esquissant un sourire ravissant.

— Bon... Bonjour, balbutia Jacob, totalement effaré.

— C'est moi qui vous ai sauvé... Je vous ai attrapé au vol. Comme un papillon !

Elle eut un rire délicieusement enfantin.

— Votre petit corps n'a pas frappé le sol. Je vous ai intercepté juste à temps. J'étais tant contente ! Mais vous aviez subi un si grand choc que votre esprit vous a quitté pendant un long moment. Vous avez repris votre mémoire et vos savoirs tout à l'heure seulement sur le ventre de mon papa. Il s'appelle Liénard. C'est le meilleur de tous les géants, déclara-t-elle fièrement.

Jacob acquiesça en hochant la tête, fasciné par le discours de la fillette.

— Moi, je suis surtout une bonne guérisseuse. Vous êtes chanceux : je suis très habile avec les petits animaux. Euh... Pardon... Je veux dire... Je sais que vous êtes un bipède de la race des humains... J'ai demandé à mon papa de vous prendre sur lui pendant qu'il siestait parce que la musique du cœur d'un bon géant est très réparatrice.

« Je vous ai aussi fait respirer des feuilles de girou. C'est un baume merveilleux pour les esprits inquiets et les âmes malmenées. »

Jacob avait déjà oublié l'œil crevé et le bras déchiqueté. La voix de Rosie était douce et mélodieuse. Malgré ses handicaps qui au premier abord la rendaient grotesque, elle avait la délicatesse d'un elfe et le charme d'une fée.

— J'aimerais vous remercier... Mais... je ne sais pas comment, bredouilla-t-il.

La fillette réfléchit. Jacob craignit soudain qu'elle ne lui réclame quelque chose d'impossible. Il se souvenait du pacte qu'il avait conclu avec les roufs lors de son premier voyage au royaume caché.

— Aidez-moi à sauver le chien-cheval et je vous serai reconnaissante jusqu'au bout de l'éternité, déclara Rosie.

— Fandor! Vous l'avez sauvé, lui aussi? Et Petit Poilu également?

Rosie baissa les yeux.

— Votre xélou a chuté. Il s'est échappé de vous sans le désirer, je crois.

— Il est mort?

— Je ne pense pas, répondit Rosie d'une voix qui se voulait rassurante. Avec l'aide de mon papa, j'ai bien inspecté les lieux, là où vous êtes tombés. Il n'y avait pas de trace de votre ami... Des géants ont aperçu un couple de xélous plus d'une fois au cours des derniers soleils, alors nous croyons que le petit a été repris par les siens. Ce serait bien, n'est-ce pas?

Jacob approuva d'un signe de tête. Ce qu'évoquait Rosie constituait le meilleur des scénarios, mais l'idée d'avoir perdu son Petit Poilu le dévastait.

— Ne permets pas au désespoir de t'inonder, petit étranger, murmura Rosie d'une voix merveilleusement douce et apaisante.

Jacob laissa les paroles de la jeune géante prendre racine en lui, puis il fit appel à son œil magique pour saisir l'essence de cet étonnant personnage. Tout ce qu'il perçut le réconforta. Il venait de trouver une petite sœur. Rosie ressentait les êtres et les événements intimement et intensément, comme lui. Elle savait aussi percer les secrets et son âme était radieuse. Jacob tomba sous le charme.

— Je vais vous aider à sauver Fandor, déclara-t-il. Le chien-cheval est mon compagnon. Il est allé au bout de ses forces pour moi. Je lui dois tout !

— On ne doit jamais que ce que l'on peut offrir, rectifia la petite géante. Nous ferons tout ce qui est en notre pouvoir, mais au bout du compte, c'est toujours à la grâce des fées. Nous, on n'y peut qu'un tout petit peu...

Rosie déposa Jacob sur son épaule. De là, il put mieux admirer le paysage. Les géants habitaient au fond d'un ancien cratère où la végétation avait recommencé à se développer. Des arbres très feuillus poussaient tout en hauteur en tendant si bien leurs branches vers le ciel qu'ils offraient peu d'ombre. Un ruisseau en méandres traversait le territoire, contournant des collines basses, pour se jeter dans la rivière des chouyas.

Aucune habitation ni autre installation ne semblaient témoigner de la présence des géants. Il n'y avait, à perte de vue, que de l'herbe, de l'eau, quelques fleurs, des buissons, des pierres et des arbres. Le cratère des géants paraissait inhabité. Jacob songea que Rosie et son père étaient peut-être les derniers survivants d'une race en voie de disparition. Il se ravisa en apercevant des abris dissimulés dans le paysage. Ces installations sommaires étaient constituées de trois murets de pierre surmontés d'un toit de branches. Les constructions étaient trop basses pour qu'un géant puisse y tenir debout – sans doute les utilisaient-ils seulement pour dormir – et la façade restait ouverte.

Pendant que Rosie se dirigeait vers ce qui ressemblait à une ouverture dans la falaise délimitant le cratère, un colosse émergea d'un des abris. Rosie l'aperçut en même temps que Jacob. D'un geste rapide, elle attrapa son petit protégé et le fourra dans sa poche, puis accéléra son pas. Ils voyagèrent ainsi longtemps. Jacob dut s'agripper au tissu du vêtement de Rosie pour ne pas être trop malmené.

La fillette géante s'arrêta enfin et sortit Jacob de sa poche.

— Pardonne-moi... Je n'avais pas le temps de t'expliquer. Ici, nous sommes en sécurité.

Une foule de questions se bousculaient dans l'esprit de Jacob. Qui était ce colosse inquiétant? Pourquoi Rosie avait-elle fui? Quels dangers devait-il redouter? Où Rosie l'avait-elle mené?

Ils avaient atteint une petite dépression entourée de collines et de broussailles parmi lesquelles étaient érigés une demi-douzaine d'abris comme ceux que Jacob avait aperçus, mais de dimensions réduites. Une seule de ces constructions pouvait accueillir un géant. Rosie s'agenouilla sur le sol, près d'un des abris, et déposa Jacob devant une masse de poils marron tachetés de crème.

Jacob s'approcha, le cœur en bataille. Deux grands yeux d'un brun liquide se tournèrent vers lui.

— Fandor! s'écria Jacob en s'élançant vers l'animal.

Il enfouit sa tête dans le pelage chaud. Fandor poussa un long soupir exprimant son bonheur de retrouver son jeune compagnon, sans tenter de se relever. En le caressant, Jacob constata que son museau était brûlant. Il inspecta sa blessure. La lésion était profonde et purulente.

— Pendant que mon papa s'occupait de toi, j'ai commencé à nettoyer la plaie, expliqua Rosie. C'était bien pire avant... Le chien-cheval lutte très bravement pour repousser l'infection, mais sa fièvre est lourde. Il n'existe qu'une plante pour le sauvetager : l'ancolie tricolore. Elle fait disparaître les pires infections.

« J'ai besoin de ton aide pour la cueillette. L'ancolie est encore plus délicate que la violette. Mes doigts sont trop gros. J'abîmerais les pétales... »

— Où pousse cette fleur? demanda Jacob.

— C'est tout le problème, répondit Rosie en se renfrognant. J'en ai trouvé seulement près des dormitoires.

Rosie lut l'interrogation dans le regard de Jacob.

— Les dormitoires, c'est là où nous dormons! Tu as sûrement remarqué les maisonnettes de pierres et de branches ressemblant à celles que j'ai construites pour les animaux que je soigne. Elles servent à protéger notre sommeil du soleil et du vent.

— Et de la pluie! ajouta Jacob.

Rosie éclata d'un rire espiègle.

— Non. La pluie n'existe plus chez nous.

— Mais...

— Tu as vécu une grosse charge d'eau du ciel, je sais. Mais au même moment, nous étions secs. Il ne pleut jamais ici. Tar en a décidé ainsi. Pour l'ancolie, il faudra faire grande précaution. Les autres géants ne doivent pas te voir.

— Et pourquoi dois-je me cacher des tiens ? demanda Jacob.

Les joues de Rosie s'empourprèrent.

— Tu n'as pas à craindre mon père. Ni nos meilleurs amis, Sylva et Jiade. Nous sommes trois fois dix. Je suis la presque plus jeune. Il n'y a qu'un petit géant, Guillou, né après moi. Je pense que nous pouvons avoir confiance à deux fois dix d'entre nous. Pour les autres, il en reste peu... ce n'est pas sûr... Gork les nourrit de paroles fourbes. Leur cœur est déjà gris et leurs pensées ne sont plus justes ni claires.

— Qui est Gork ? Et que raconte-t-il ? s'enquit Jacob, tendu.

— C'est un mauvais géant, mais ce qu'il raconte n'est pas de lui. Il rapporte seulement les propos des émissaires du sorcier Zarcofo, déclara Rosie d'une voix grave.

Jacob tressaillit. Il avait souvent songé à Zarcofo pendant son séjour au manoir entre les deux voyages. Vu de l'autre monde, cet être maléfique semblait si peu réel. Ici, au royaume caché, le nom de Zarcofo prenait tout son sens.

À sa simple évocation, les roufs étaient glacés d'effroi. Tous les petits peuples vivaient sous son joug, esclaves de ses caprices. Les géants même le redoutaient.

Jacob prenait douloureusement conscience des dangers de sa mission. Il s'approcha de Rosie et posa une main sur le bras sain de la petite géante.

— Que sais-tu du sorcier, Rosie ? Tu dois me le dire, la pressa Jacob d'un ton alarmé.

GORK

— Je crois bien que j'en sais beaucoup, car mon père est très ami des fées, déclara simplement la fillette. Les émissaires de Zarcofo racontent qu'un humain s'est infiltré dans nos territoires pour apporter le malheur. Ils disent qu'il est fourbe et puissant, que c'est lui qui nous a volé la princesse des fées et qu'il la cache dans son monde où elle est torturée d'épouvantables manières. À ceux qui se régalent d'effrayantes histoires, les émissaires du sorcier fournissent une quantité folle de détails lugubres.

— Quoi par exemple ? demanda Jacob, livide.

— Ne fouille pas dans ces horreurs, petit humain, plaida Rosie. Écoute seulement le nécessaire... Zarcofo a pour but que tout ce qui bouge et respire au royaume caché lui obéisse. Il ne connaît pas ta quête, mais il sait que tu es l'Élu et que tes plans font mal aux siens. Alors, bien sûr, il veut que tu meures.

Rosie se tut. Dans son œil unique, immensément bleu, Jacob lut sa tristesse et son désarroi. Il sentit aussi combien elle avait honte des géants qui se laissaient manipuler par les émissaires du sorcier.

Jacob caressa l'avant-bras de Rosie d'une main qui lui sembla minuscule. La fillette esquissa un sourire timide.

— Les forces maléfiques se resserrent autour de moi, souffla Jacob. Il faut agir vite pour sauver Fandor afin que je poursuive ma route.

Malgré les encouragements de Jacob et l'infinie patience de Rosie, Fandor ne réussit à avaler que très peu d'eau. Avant d'aller cueillir de l'ancolie, Rosie alla soigner son autre protégé. C'était un malouin. L'animal avait le corps et la taille d'un loup, mais la tête d'un lièvre. Rosie lui avait fabriqué un plâtre. Elle le nourrissait d'une sorte de pâté que l'animal léchait dans sa main.

— Les os de son dos sont tellement écrabouillés que je ne sais pas s'il marchera encore, déplora Rosie. Les malouins siestent sous des buissons de trilles. Tout bon géant veille à ne pas poser le pied près d'un de ces arbrisseaux. Mais les géants ne sont pas également bons...

Jacob voyagea à nouveau dans la poche de Rosie. Après avoir parcouru une distance assez importante, elle le déposa près d'un abri. Bien que le soleil fût encore haut dans le ciel, un géant ronflait bruyamment dans le dortoir. Jacob songea que si cette gigantesque créature se réveillait et le découvrait en croyant avoir affaire à l'ignoble humain décrit par Zarcofo, sa vie ne vaudrait pas cher.

Les fleurs aux vertus médicinales identifiées par Rosie étaient magnifiques. Le pourtour des pétales était bleu, l'intérieur blanc tacheté de rose. Jacob en cueillit avec soin tout en s'efforçant de faire vite. Rosie avait apporté un morceau de tissu dans lequel Jacob enveloppa délicatement le bouquet d'ancolies. La géante glissa le petit paquet dans une de ses poches, puis cueillit Jacob pour le déposer dans l'autre.

— Ne bouge plus ! ordonna une voix.

Jacob reconnut le colosse qu'ils avaient déjà fui. Gork. Son œil magique l'alerta aussitôt. Cet individu était dangereux.

— Voilà bien la fille de Liénard ! lança le géant avec un ricanement sinistre. Aussi sournoise que ton paternel. Tu as trouvé le petit humain et tu as gardé le secret au lieu de le livrer aux autorités. Sale petite effrontée !

— Quelles autorités ? rétorqua Rosie avec fougue. Les géants n'ont pas de chef parmi eux. Nous cherchons l'harmonie sous le soleil et le vent dans cet espace magique que nous a légué Tar, notre créateur.

— Donne-moi le petit homme ou je t'arrache ton dernier œil, menaça Gork en s'avançant.

Rosie ne répondit pas. Au lieu de cela, elle ouvrit la bouche. Une longue plainte envahit la clairière. Gork s'immobilisa, hypnotisé. Jacob n'avait jamais entendu de chant aussi déchirant. Lorsque la petite géante s'arrêta, Gork resta figé et muet.

Rosie s'adressa à Jacob d'une voix encore vibrante de révolte.

— Je n'ai qu'un œil et il me manque une main, dit-elle, mais les fées m'ont gratifiée de quelques dons.

Le cri de Rosie avait alerté la communauté de géants. Liénard accourait déjà, suivi de plusieurs autres géants.

Jacob les observa en se demandant lesquels d'entre eux adhéraient aux propos de Gork.

— Belle journée à toi, Gork! lança Liénard en guise de salutations. Que tes intentions soient nobles et tes projets bons, comme nous le recommande Tar.

— Te voilà bien bavard avec tes phrases gonflées, Liénard, rétorqua Gork en recouvrant sa voix.

— Ma fille a secouru le petit humain que Zarcofo accuse de fautes qui lui sont étrangères. Je prononce le souhait que nous le protégions de la folie du sorcier.

— Est-ce folie de vouloir protéger la princesse des fées, notre souveraine promise? demanda Gork.

— Zarcofo ne veut pas protéger la princesse : il a pour hantise de la posséder et de la ranger parmi ses trésors, soutint Liénard. Il affirme le contraire, mais nous savons tous que Youriana est plus précieuse à ses yeux que toutes les pierres et tous les métaux enfouis dans ses coffres.

Jacob sentit monter en lui une rage brûlante. L'idée même que Zarcofo puisse posséder Youriana le rendait malade d'angoisse.

— Zarcofo n'a rien à faire d'une princesse, répliqua Gork. Seulement, il déteste les fées et il adore combattre. Or, depuis la naissance du royaume, les sorciers luttent contre les fées. Le grand sorcier souhaite préserver l'équilibre des mondes. Il veut que Youriana revienne de là où elle est tenue prisonnière et qu'elle remplace sa mère comme il est écrit. Alors, Zarcofo luttera contre elle et contre tous les petits peuples soumis à son enchantement comme le font les sorciers depuis que Tar les a créés.

— Tes paroles puent le mensonge, proféra Liénard. Zarcofo veut que disparaisse toute trace des fées. Il souhaite aussi que les petits peuples soient esclaves de ses exigences. Et bientôt, il voudra en plus briser les géants.

« Zarcofo ne se contentera pas longtemps de nous embêter avec des tâches ridicules. Il voudra nous écrabouiller parce qu'il redoute notre puissance. Tu sais tout ça, Gork. Alors pourquoi mens-tu ? »

Pour toute réponse, Gork cracha sur le sol un liquide noir, épais comme la mélasse. Pris dans un état de torpeur, Jacob garda son regard fixé sur le mauvais géant. Le dégoût, la peur et une tristesse infinie se confondaient en lui.

— Le sorcier Zarcofo achète ses complices, poursuivit le père de Rosie. Il leur promet toutes sortes de fantaisies, de passe-droits et de menus trésors. En échange, ils ont pour mission de trahir leurs semblables en répandant le mensonge. Les vrais géants ne se laissent pas pervertir. As-tu parlé à un émissaire de Zarcofo, Gork ? Ou es-tu toi-même devenu l'un de ces tristes messagers ?

Gork roula des yeux féroces. Il semblait prêt à tuer.

— Tu n'es pas plus lucide qu'un brin d'herbe, Liénard. Les humains veulent nos biens et notre territoire. L'un d'eux a réussi à pénétrer dans notre royaume après avoir fait de Youriana sa prisonnière. Tu veux protéger cette vilaine créature ? Sache qu'il a déjà défié les dragonnets de Zarcofo, déjoué une armée de grichepoux, franchi la serre du dragon sous les collines des roufs et échappé aux taureaux sanguinaires. Son pouvoir est aussi malin que mystérieux.

Une rumeur angoissée parcourut le groupe de géants.

— Le petit humain n'est pas un ennemi! objecta Rosie avec ferveur.

Gork eut un rire sardonique.

— Tu en es bien certaine, vilaine cyclope? demanda-t-il. Regardez-le bien, vous tous!

Le géant avança une large main aux doigts boudinés jusqu'à Jacob. Puis, utilisant son pouce et son index en guise de pinces, il souleva le petit humain par son vêtement et le tint suspendu dans les airs afin que tous le voient bien.

Jacob ne s'était jamais senti aussi effroyablement petit et aussi totalement impuissant. Ses jambes pendaient dans le vide et le col de sa chemise l'étranglait. Gork partit d'un rire sauvage. Son haleine fétide souleva l'estomac de Jacob.

— Prenons des paris, lança Gork aux autres géants. Qui croit que cette petite chose qui gigote est nuisible?

Les géants retenaient leur souffle. Gork avait réussi à semer le doute dans le cœur de presque chacun.

— C'est ma foi et ma parole contre les tiennes, Gork, déclara Liénard d'un ton ferme. Voici ma proposition. Dans trois soleils, nous allons nous affronter dans un duel de récits.

Une grande excitation souleva l'assemblée. La perspective d'un duel de récits réjouissait les géants. Gork ne sembla guère enthousiaste.

— J'accepte, déclara-t-il pourtant. Mon récit éclipsera le tien, Liénard. Nous saurons alors que ma parole vaut davantage et le sort du petit sera réglé. Si je triomphe, nous pourrons le hacher menu et le livrer aux bêtes affamées qui grouillent ici la nuit. Sinon, je le laisserai courir.

— Marché conclu, déclara Liénard.

LE DERNIER VOL

— Prends un peu de soupe aux herbes, ça te remettra, proposa Rosie en tendant à Jacob une écuelle de bois grossièrement sculptée par Liénard.

Elle avait installé son protégé sur une pierre qui, aux yeux de Jacob, avait l'allure d'un rocher. Jacob goûta à la soupe et faillit la recracher aussitôt. Il n'avait jamais rien avalé d'aussi infect. Pourtant, Liénard et sa fille avalaient goulûment leur portion servie dans une écuelle où Jacob aurait pu prendre son bain.

— De quoi vous nourrissez-vous ? demanda Jacob, curieux.

— Personnellement, j'adore la soupe aux herbes! déclara Rosie. J'aime aussi l'herbe fraîche, la bouillie d'herbes et les feuilles hachées menues dans l'eau lourde.

— L'eau... quoi ?

— L'eau lourde. C'est de l'eau mêlée à un peu de terre...

Dans sa tête, Jacob traduisit : la petite géante raffole de feuilles trempées dans la boue!

— Moi, je préfère les pâtés de feuilles avec un peu de jus de racine et les bulbes de joncs cueillis au bord de la rivière, ajouta Liénard en souriant largement.

— Vous... vous êtes végétariens ?

— Tu veux dire qu'on s'alimente de végétaux ? Bien sûr ! Que voudrais-tu qu'on mange d'autre ? demanda Rosie.

« Du poulet rôti, songea Jacob, affamé. Ou une grosse boulette de bœuf dans un pain grillé ou encore un bon morceau de saucisson. »

Après le repas, Rosie prépara un emplâtre avec les pétales d'ancolie et ils l'appliquèrent sur la plaie de Fandor. Le pauvre animal remua à peine. Sa fièvre avait grimpé et malgré les exhortations de Jacob, il n'avala que très peu d'eau.

Liénard les quitta pour aller ramasser des diamants dans la rivière des chouyas.

— Des diamants pour Zarcofo ? s'enquit Jacob.

— Oui, répondit Rosie sèchement.

— Mais... Vous êtes... grands. Et forts. Vous pourriez régner sur les petits peuples et mener une offensive contre Zarcofo. Pourquoi acceptez-vous de vous soumettre à ses caprices ?

Rosie eut à nouveau ce rire enfantin qui avait déjà ému Jacob.

— Tu es vraiment drôle, Jacob le tout petit. Les vrais géants ne sont pas comme Gork. Nous ne voulons dominer personne. Tar nous a offert ce territoire merveilleux rempli d'herbe, de feuilles et de racines. Le soleil de jour nous réjouit et le soleil de nuit veille sur nos rêves. Tar a parfois des colères qui font fendre et pleurer le ciel. Il inonde des paysages, noie des territoires, mais ces sautes d'humeur n'atteignent jamais le cratère des géants. Tar nous préserve. Que peut-on souhaiter de mieux?

— La liberté! s'exclama Jacob.

Rosie eut un petit rire désolé.

— Nous avons déjà été totalement libres, il y a très très longtemps. À l'époque, les luttes et les guerres n'étaient pas encore inventées. Les géants avaient le cœur léger et l'esprit joyeusement vagabond.

— Qu'est-il arrivé? demanda Jacob.

— Un jour, un géant a oublié la loi des géants. Depuis, plus rien n'est parfait.

Au ton de Rosie, Jacob comprit qu'elle ne souhaitait pas en dire davantage. Son œil unique fixait l'horizon. Une foule de rêves semblaient y chevaucher.

— Toi, ton papa... il est comment? demanda-t-elle tout à coup.

Jacob imagina son père, Jean-René Jobin, assis sur une pierre devant Rosie.

— Je ne suis pas très près de mon père, admit-il.

La petite géante ne réagit pas. Son œil bleu luisait d'intelligence.

— Nous avons peu de choses en commun, continua Jacob. Mon père n'occupe pas beaucoup d'espace dans ma vie.

— Tu souhaiterais qu'il en occupe davantage? Comment? demanda Rosie.

Jacob fouilla le ciel peuplé de nuages mousseux.

— J'aimerais... être fier de lui. Il mène une vie ennuyeuse. Rien ne l'anime. Rien ne l'excite. On dirait qu'il a abandonné tous ses rêves. Ou peut-être n'en a-t-il jamais eus. Je ne veux pas être comme lui...

— Je comprends, dit simplement Rosie en posant affectueusement le bout de son index sur l'épaule de Jacob.

Jacob ouvrit la bouche pour parler. Rosie eut aussitôt un geste pour lui intimer de se taire. La petite géante fixait un point, droit devant elle, sans vraiment regarder.

— Viens! Vite! lança-t-elle tout à coup.

Elle souleva Jacob et l'installa sur son épaule.

— Agrippe-toi! souffla-t-elle en filant droit devant.

Jacob saisit fermement l'épais tissu de la chemisette de Rosie pendant qu'elle courait à toutes jambes. Ils croisèrent des géants revenant de la rivière des chouyas, mais Rosie ne salua personne. Elle fonçait droit vers son but secret.

La petite géante ne s'arrêta qu'une fois arrivée au pied de la falaise délimitant le cratère. Jacob découvrit un grand oiseau étendu sur le sol sablonneux. Son plumage d'un vert émeraude était singulièrement lumineux. Il ressemblait un peu à un héron avec sa tête effilée, ses larges ailes et ses drôles de pattes repliées. Jacob évalua qu'il faisait au moins cinq fois sa propre taille. L'oiseau gisait, immobile. Sa tête pendait mollement au bout de son long cou.

Rosie s'agenouilla. De son bras massacré, elle caressa délicatement le dos de la bête. L'oiseau ne fit aucune tentative pour ouvrir ses ailes ou même se relever. Son regard était éteint.

— Il va mourir, déclara la petite géante. Nous n'y pouvons rien. Il est épuisé. Cependant, avant de nous quitter, il souhaite te raconter son dernier vol.

Rosie installa son petit compagnon sur le dos de l'oiseau. Jacob enroula ses bras autour du cou de l'animal et ferma les yeux. La vie palpitait encore timidement sous le plumage. Pendant un moment, il ne se passa rien. Les plumes tremblotaient sous le ventre de Jacob et un léger sifflement s'échappait de la gorge de l'oiseau.

Peu à peu, des images s'imposèrent dans l'esprit de Jacob. Il vit des troupeaux de taureaux sanguinaires fuir la colère de Tar en s'élançant vers un réseau de cavernes au pied des montagnes. Une pluie torrentielle abolissait tout. Les taureaux se ruèrent vers les galeries surélevées au fond des grottes, mais ils étaient trop nombreux pour y entrer tous. Affolés par ce qui prenait l'allure d'un véritable déluge, les bêtes s'amassèrent à l'entrée des cavernes et un terrible massacre s'ensuivit.

Les taureaux s'entretuaient à coups de cornes, mordaient tout ce qu'ils pouvaient attraper au passage et distribuaient des ruades qui arrachaient d'horribles gémissements aux victimes. Des carcasses mutilées jonchèrent bientôt l'entrée des cavernes. Portées par l'eau montante, les dépouilles des bêtes dérivèrent par centaines jusqu'à l'embouchure de la rivière des chouyas dans un spectacle morbide.

L'oiseau au plumage d'émeraude brava l'orage pour assister à la scène. Lorsqu'il n'y eut plus de survivants, il repartit, survolant les montagnes de Tar, puis la vallée des pierres debout. La pluie cessa. Le grand oiseau vola encore longtemps avant d'atteindre le refuge d'hiver de la reine des fées.

C'était un château magnifique. On l'eût dit taillé dans le verre. Sa haute tour principale scintillait sous un soleil voilé et ses huit tourelles s'élevaient bravement vers le ciel. Tout autour, le paysage était gelé. Un tapis de neige durcie couvrait le sol et de longs glaçons pendaient aux branches des arbres. Le château semblait enveloppé dans un lourd silence inquiétant.

Jacob fut secoué de frissons.

— La reine se meurt, murmura doucement Rosie comme à elle-même. Elle n'arrive plus à combattre la froidure. Les forces sombres gagnent du terrain. La reine s'accroche courageusement à la vie parce que Youriana erre toujours quelque part...

Rosie se tut pendant un moment avant d'ajouter :

— Merci, l'oiseau, pour tes confidences.

Jacob sentit l'animal tressaillir contre lui puis s'immobiliser pour toujours. Rosie caressa le dos de l'oiseau en pleurant silencieusement. Jacob garda longtemps sa tête collée au cou de l'animal.

Il n'avait jamais vu la mort d'aussi près. Une grande tristesse l'habitait, mais en même temps, il se sentait privilégié d'avoir été témoin d'un passage de la lumière à l'ombre.

«À moins que ce ne soit de l'ombre à la lumière», se surprit à songer Jacob.

— L'oiseau t'attendait, lui confia Rosie lorsqu'ils quittèrent les lieux.

— Pourquoi? demanda-t-il.

— Tar voulait que tu saches.

— Quoi? insista Jacob.

Rosie mit un moment avant de répondre :

— Combien la colère de Zarcofo est ravageuse et le règne des fées fragile.

LE SOUFFLE DES GÉANTS

Dès que le soleil de jour commença à s'éteindre en frangeant le ciel de voilures orangées, Rosie se retira dans son dormitoire. Jacob s'allongea à côté de Fandor.

— Je veillerai sur ton sommeil, petit homme, promit Liénard, qui préférait dormir sans toit, livré au ciel.

Jacob eut du mal à s'endormir. Son sort était entre les mains d'un bon gros géant qui n'avait pour toute arme que la parole. Les menaces de Gork le terrorisaient. Il savait que l'affreux colosse n'hésiterait pas à le livrer à Zarcofo. Les autres géants le laisseraient-ils faire ? Jacob finit par basculer dans un sommeil peuplé de cauchemars.

L'aube était encore pâle lorsqu'il s'éveilla. Rosie avait déjà commencé à soigner Fandor.

— Sa fièvre est un peu moins désastreuse, annonça-t-elle. Il faudra rapporter encore plus d'ancolies aujourd'hui.

Jacob donna de l'eau fraîche à Fandor pendant que Rosie s'occupait du malouin.

— Demain, si tu vas mieux, je te laisserai assister au duel des géants, souffla Jacob à l'oreille de son chien-cheval. Après, nous attendrons que tu sois tout à fait remis avant de repartir. Il faut faire vite, mon ami. Tu dois lutter de toutes tes forces, car la reine nous attend et ses jours sont comptés.

Pour toute réponse, l'animal poussa un long soupir et roula de grands yeux chagrins.

Après avoir nourri et soigné ses protégés, Rosie invita Jacob à l'accompagner à « la communion matinale des géants avec la terre et le ciel ». Il aurait préféré rester au chevet de Fandor, mais la petite géante l'installa sur son épaule sans plus d'explications et se dirigea vers le centre du cratère. En route, Jacob fut témoin d'un spectacle dégoûtant. Un géant s'empiffrait de feuilles qu'il arrachait directement à l'arbre sans utiliser ses mains, la tête enfouie dans les branchages. Du jus épais d'un vert presque noir dégoulinait sur sa poitrine. Ses joues et son menton étaient maculés de bave verdâtre. Rosie accéléra pour dépasser le géant.

C'était Gork.

Une vingtaine de géants étaient étendus sur le dos dans l'herbe fleurie. Jacob devina que ces colosses faisaient partie des « deux fois dix » dont avait parlé Rosie, ceux qui n'avaient pas été contaminés par les émissaires de Zarcofo.

C'était un fort joli spectacle que tous ces géants faisant l'étoile, bras et jambes largement écartés, sous un ciel encore barbouillé d'aurore. Jacob se souvint d'un après-midi d'hiver où Simon-Pierre lui avait appris à faire l'étoile dans la neige en ouvrant la bouche bien grande pour attraper les flocons qui tombaient.

D'autres géants se joignirent au groupe, mais Gork ne se manifesta pas. Lorsque l'assemblée fut complète, un profond silence s'installa. À croire que toutes les bêtes, grandes et petites, à poils comme à plumes, participaient au même événement. Dans ce climat de grande paix, le souffle des géants s'harmonisa et emplit l'espace. Rien d'autre n'existait que cette respiration unie des géants communiant avec le ciel et la terre.

Jacob s'allongea près de Liénard. Il était à peine plus grand que le pouce du géant. Il écarta ses bras et ses jambes en imitant les géants et ajusta sa respiration à la leur. Au début, il dut se concentrer pour inspirer et expirer au même rythme qu'eux. Bientôt, son souffle s'accorda parfaitement à celui des géants. Jacob se rappela les heures d'entraînement imposées par Léonie à contempler l'immensément grand et l'infiniment petit. Sans doute aurait-il eu de la difficulté à participer à cette communion s'il n'avait pas déjà expérimenté ces longs moments de méditation immobile.

Un grand bien-être l'envahit peu à peu. Il fixait le ciel sans le voir, totalement absorbé par une émotion naissante. Il avait déjà eu l'impression de participer à une sorte de chant du monde pendant ses heures de contemplation. Ce qu'il éprouvait cette fois était différent. Il faisait partie d'un chœur. Le souffle des géants, cette musique suave qui s'élevait, n'était pas un simple chant solitaire mais un chœur unique où toutes les différences semblaient abolies.

Jacob ne se sentait plus comme un chevalier solitaire croulant sous le poids de sa mission. Le souffle des géants le portait et l'enveloppait. Une énergie neuve fusait dans ses membres. Il appartenait à une fraternité. Jacob comprit que les géants se réunissaient ainsi pour célébrer, ensemble, leur bonheur d'être vivants et leur joie de participer à quelque chose de plus fort et de plus grand qu'eux.

Pendant la journée qui suivit, Jacob se sentit habité par une paix intérieure. Il aida Rosie à préparer un nouvel emplâtre pour Fandor. Plusieurs géants saluèrent amicalement Rosie en ajoutant un bon mot pour Jacob alors qu'elle se déplaçait avec le jeune étranger sur son épaule. La fièvre de Fandor avait baissé à la mi-journée. La bataille n'était toutefois pas encore gagnée.

Le malouin avait meilleure mine. Il manifestait même des signes d'impatience.

— Il sent que son dos se répare et il a hâte de bouger. C'est excellent, déclara Rosie. Il s'en sortira, c'est certain.

— Et Fandor? s'enquit Jacob. Es-tu sûre qu'il se remettra?

— S'il le faut, je m'occuperai de lui sous chaque soleil, promit Rosie. Ne te fais pas d'inquiétude. Ton chien-cheval a besoin de temps.

Jacob faillit répliquer qu'il n'en avait pas. Il savait que Rosie faisait tout ce qui était en son pouvoir.

Le malouin eut droit à une double ration de pâté. Jacob se surprit à rêver de lui en voler. Il restait affamé. La bouillie d'herbe du petit-déjeuner ne l'avait pas rassasié. Plus tard dans la journée, Rosie lui offrit des bulbes d'herbes rouges cueillies au bord d'un petit cours d'eau. Jacob en dévora une quantité inouïe.

— Ça goûte le melon, déclara-t-il, la bouche pleine.

La petite géante n'avait aucune idée de ce qu'était un melon, mais elle rit de voir son jeune ami content.

Le soir tomba doucement, comme la veille. Avant de se retirer dans son abri, Rosie lança une invitation à Jacob.

— Demain, si tu veux, nous irons voir les nains.

Jacob acquiesça d'un signe de tête. Il aurait accepté n'importe quelle activité pouvant le distraire de son obsession : l'issue du duel entre Liénard et Gork.

— Bonne nuit, petite sœur, murmura-t-il en se blottissant contre Fandor.

Rosie ne l'entendit pas. Elle dormait déjà.

BÉCHU

Le lendemain, après avoir prodigué des soins aux animaux puis participé à la communion matinale, Rosie installa Jacob sur son épaule et se dirigea vers une faille dans le mur ceinturant le cratère de géants. De là, ils empruntèrent un sentier jusqu'à la rivière des chouyas.

Une douzaine de géants pataugeaient dans la rivière, le dos courbé, fouillant le fond de leurs grandes mains. En route, Rosie avait expliqué à Jacob que les chouyas étaient des diamants bruts.

Rosie présenta à Jacob une amie de son père, Sylva. Un peu en retrait, celle-ci assistait à la cueillette, enveloppant d'un regard amoureux un des géants, Jiade, son conjoint. Jacob remarqua que le ventre de la géante était rond et enflé.

— Elle fabrique un bébé! annonça Rosie avec enthousiasme. Mon père fait des offrandes à Tar tous les soirs pour que la petite chose naisse forte et bien vivante.

Des monticules de terre vaseuse s'alignaient sur la berge. De temps en temps, un géant quittait son poste pour aller déposer un nouveau paquet de boue au bord de l'eau.

Le soleil se fit de plus en plus ardent. Les géants pour-suivirent leur besogne malgré la chaleur écrasante.

— C'est la finitude pour aujourd'hui, déclara Rosie lorsque plusieurs colosses quittèrent enfin la rivière. Les chouyas s'enfoncent dans leur lit de sable maintenant parce qu'il fait trop chaud. Pendant la nuit, ils remonteront.

Les géants se dispersèrent en abandonnant derrière eux des monticules de terre vaseuse.

— Compte jusqu'à cent ! proposa Rosie à Jacob lorsque les derniers colosses eurent disparu.

Ils comptèrent ensemble. À quatre-vingt-dix, Jacob crut entendre un chant rythmé. À cent – pile ! – un régiment de nains perça les broussailles. Jacob estima qu'ils avaient à peu près la taille des roufs. Ils avançaient d'un pas militaire, synchronisés, en scandant un refrain.

— Oh ! Ah ! Ouille ! Ouille ! Ouille !
Oh ! Ah ! Fouille ! Trouve ! Fouille !
Oh ! Ah ! Ouille !
Oh ! Ah ! Ouille ! Ouille ! Ouille !

Sans cesser de chanter, les nains se divisèrent en groupes de trois et chaque groupe se dirigea vers un monticule. Le silence se fit. Rosie compta à voix basse : un, deux, trois ! À trois, les nains plongèrent tous en même temps leurs mains dans le sol boueux et travaillèrent sans répit, apparemment insensibles à la présence de Rosie.

— Les nains sont très disciplinés et remplis d'admi-rable ardeur, murmura Rosie. Approche-toi si tu veux mieux les observer.

Jacob accepta avec plaisir. Rosie le déposa sur le sol et il avança vers les nains. Leur physionomie fascinait Jacob. Bien que de petite taille, ils étaient bâtis comme des géants avec une forte stature, des épaules larges, des jambes bien solides et des bras musclés. Leur visage était très ridé. On aurait dit des vieillards, mais animés d'une énergie surprenante.

— Approche-toi encore... l'encouragea Rosie.

Jacob fit trois pas de plus. Les nains restèrent parfaitement attentifs à leur tâche. Au quatrième pas de Jacob, ils relevèrent la tête et poussèrent un cri d'horreur à l'unisson.

Aussitôt, ils s'assemblèrent pour former un groupe compact, guettant Jacob comme s'il était féroce. Soudain, l'un d'eux émit un bref sifflement et les nains s'enfuirent aussitôt à toutes jambes, leurs grosses bottes martelant le sol.

Dans la cavalcade qui suivit, un des petits hommes tomba et sa tête heurta une pierre.

— Béchu! cria Rosie en se précipitant vers le nain blessé.

Jacob assista à la scène, ahuri, alors que les compagnons du petit homme, trop paniqués, n'eurent même pas conscience de l'accident.

Rosie pressa un doigt sur la poitrine de celui qu'elle avait nommé Béchu. Jacob leva un regard interrogateur vers la fillette géante. La confirmation qu'il lut sur son visage le glaça d'effroi.

Jacob fut saisi de tremblements. Il ne voulait pas croire ce qu'il avait vu. Une phrase terrible lui martelait le cerveau : « Il est mort à cause de moi. »

Jacob resta un long moment à fixer avec effroi le petit homme étendu sur le sol, les yeux grands ouverts sur le vide. Derrière lui, Rosie sanglotait. Lorsqu'il se tourna vers elle, Jacob fut bouleversé par son chagrin. De son unique œil bleu, Rosie scrutait désespérément le ciel à travers un brouillard de larmes. On eût dit qu'elle y cherchait l'espoir de réussir à annuler ce qui venait d'arriver. La petite géante hoquetait, le souffle coupé, submergée par une tristesse trop grande. Elle faisait tellement pitié à voir que Jacob en oublia momentanément son propre désarroi.

— C'est ma faute, balbutia-t-elle. Un vieux tout-petit a quitté pour toujours le royaume caché. À cause de moi...

— Tu n'y es pour rien, Rosie...

— Tu ne comprends pas, ami Jacob. Je me doutais que les nains auraient peur de ta personne. Par contre, je n'imaginais pas qu'ils auraient tant d'effroi. Je t'ai entraîné ici pour épier leur réaction. Je voulais mesurer la puissance de ceux qui disent de si horribles choses sur toi. Les nains sont fiers, forts et braves. Je ne pensais pas qu'ils se laisseraient envahir aussi facilement par les paroles des émissaires de Zarcofo.

Rosie renifla bruyamment avant de prendre une profonde inspiration.

— La situation est beaucoup plus terrible que mon esprit ne l'imaginait, résuma-t-elle. Tu dois partir, Jacob...

— Maintenant ? s'inquiéta Jacob.

— Non... Il faut attendre l'issue du duel de récits. Sinon, Gork pourra dire que tu es bien comme il t'accuse d'être puisque tu as pris la fuite. Les émissaires de Zarcofo réussiraient alors à contaminer tous les petits peuples sur ta route afin qu'ils te tendent des pièges. Tes pas n'atteindraient jamais le château de la reine Lauriane.

— Que dois-je faire alors ?

— Nous quitter dès la fin du combat, quel que soit le résultat. Si Liénard emporte le duel, Zarcofo devra manœuvrer avec plus de sournoisité. Sa tâche sera rendue plus difficile, mais sa fureur sera aussi plus grande.

— Fandor...

— Il te rejoindra plus loin, trancha Rosie.

— NON ! protesta Jacob avec fougue.

Une détermination redoutable brillait dans l'œil de la fillette géante.

— Tu dois me faire confiance, déclara-t-elle. Si tu parles et respires aujourd'hui, ami Jacob, c'est parce que les fées m'ont laissée te sauver. Ce sont elles qui ont alerté Tar afin qu'il chasse les taureaux sanguinaires avec un semblant de déluge. Les fées te protègent, Jacob... Si elles le veulent bien et si les émissaires de Zarcofo ne s'attachent pas trop facilement à tes pas, tu pourras foncer vers les montagnes de Tar dès ce soir.

Jacob l'écoutait, ému par ses confidences, mais déchiré par ce qu'elle réclamait.

— Je ne peux pas abandonner Fandor, déclara-t-il. Sans monture, la marche sera interminable. Et puis... J'ai besoin d'un compagnon. Petit Poilu me manque affreusement. Il ne me reste que Fandor. Je ne veux pas partir seul.

— Quiconque garde son âme ouverte n'est jamais seul, ami Jacob. Souviens-toi de notre communion du matin avec le ciel et aussi la terre. Lorsque tu affronteras les pires dangers, lorsque tu auras peur à vouloir mourir, lorsque ta mission n'aura plus de sens à tes yeux, rappelle-toi que le soleil de jour comme celui de nuit t'accompagnent. Le vent aussi. Et le murmure des arbres et la musique de l'eau. Les montagnes veillent sur toi et le ciel te protège. Où que tu sois, des forces supérieures te nourrissent et t'assistent.

— Je voudrais y croire aussi fort que toi, murmura Jacob, sous le charme.

L'ERREUR DE MAGNU

Les géants avaient allumé un grand feu de réunion. Gork et Liénard s'étaient retirés pour préserver leurs forces avant le duel. Sylva et Jiade vinrent à la rencontre de Rosie. Ils la connaissaient suffisamment pour lire le chagrin sur son visage, pourtant ils ne posèrent pas de questions.

— Tu veux toucher à la petite vie ? offrit Jiade.

Rosie leva vers lui un regard reconnaissant. Elle s'approcha de Sylva et, à la surprise de Jacob, posa son moignon au lieu de sa main saine sur le ventre rond. Un large sourire illumina l'œil bleu de la petite géante.

— C'est une fille. J'en suis sûre... déclara-t-elle.

— Alors, nous l'appellerons Tahina, comme ta maman, annonça Sylva qui ne semblait même pas imaginer que Rosie puisse se tromper.

Sa promesse enchanta la petite géante.

Rosie présenta Jacob, toujours installé sur son épaule, à plusieurs géants. La plupart des colosses répondirent avec bienveillance. Deux d'entre eux seulement lui réservèrent un accueil plus distant.

Le soleil de nuit était aussi rond que le ventre de Sylva et le ciel magnifiquement clair. Les hautes flammes du feu de réunion dansaient joyeusement. Liénard et Gork arrivèrent en même temps. Une détermination farouche animait leur regard.

Ils s'arrêtèrent à quelques pas du feu et sortirent chacun une pierre de leur poche. Guillou, le plus jeune de tous les géants, traça un cercle sur le sol avec une branche, derrière les deux opposants. Puis, sans tourner la tête, les géants lancèrent leur pierre par-dessus une épaule. Celle de Gork atterrit à un pas du cercle, celle de Liénard entra dedans. C'était à lui de choisir s'il désirait être le premier ou le deuxième à raconter.

— Je débuterai, annonça-t-il.

Les géants s'assirent dans l'herbe autour du feu. Jacob se blottit contre le cou de Rosie. Liénard resta debout, haut et droit comme un arbre.

— C'était il y a très longtemps, commença-t-il. La nuit n'avait pas encore été conçue. Tar régnait sur le royaume caché dont il était maître depuis avant même toute mémoire. En ces temps, des malouins, des chevrouilles, des chats sauvages, des grandpirailles, des oiseaux et des poissons vivaient ici, entourés d'herbe, d'arbres et d'eau.

«Après trois fois cent nuits de réflexion, Tar décida d'enchanter le royaume caché. Il dessina dans sa tête de minuscules êtres magiques et leur donna vie. Ainsi naquirent les petits peuples : nains, lutins, farfadets, roufs, gnomes, elfes et bien d'autres encore. Tar contempla ce menu monde joyeux et grouillant et il fut heureux de sa création.

« Nul ne sait pourquoi Tar inventa les sorciers. Était-ce parce que le spectacle des petits êtres était trop paisible à ses yeux ? Ou parce qu'il voulait éprouver les peuples minuscules ? Nous savons seulement que l'ancêtre de Zarcofo est né d'un éclair dans une nuit de foudre. Il s'appelait Driak. Ses métamorphoses étaient encore plus fracassantes que celles de Zarcofo. Il savait se cacher dans un corps d'insecte et réapparaître tout à coup dans une créature épouvantable. Driak entreprit son œuvre de malédiction en offrant aux korrigans de les aider à guerroyer contre les lutins. Il leur raconta que les lutins habitaient une prairie où poussait une plante dont les racines avaient le pouvoir de réchauffer le cœur et d'égayer l'esprit.

« Driak disait vrai. En ce temps, les fleurs de yacoub dont on tire l'hydransie poussaient dans divers lieux, mais elles étaient particulièrement abondantes chez les lutins. Driak n'eut pas de mal à convaincre les korrigans d'attaquer leurs voisins. Il n'avait pas choisi ce petit peuple pour rien. Les korrigans ont l'esprit facilement tordu. Tar les a créés avec un appétit pour les embêtements.

« Les korrigans attaquèrent de nuit. Driak les assista en jetant un sort d'aveuglement aux lutins. Des cris de guerriers tirèrent les lutins de leur sommeil. Ils eurent beau ouvrir bien grand les yeux, ils n'arrivaient pas à apercevoir leurs assaillants. Tout ce qui les entourait était noyé dans un triste brouillard. Lorsqu'ils recouvrirent la vue, les lutins n'avaient plus leur liberté. Les korrigans les avaient méchamment enfermés dans un espace petit clôturé de hautes branches. Les lutins les plus hardis tentèrent d'escalader ce mur, mais ils dégringolèrent tous, follement étourdis par la peur. Driak leur avait lancé un maléfice de vertige.

« À cette époque, la nuit avait été inventée et d'autres choses encore, mais le royaume caché n'avait guère changé depuis sa création. Les petits peuples se nourrissaient de fruits et de plantes, buvaient l'eau des rivières et vivaient sans trop de soucis, heureux d'être simplement vivants sous un ciel sans surprises. La nuit après l'assaut des korrigans, Tar explosa de colère, furieusement déçu par tant de malfaisance.

« Il déclencha une tempête qui transforma à jamais le paysage du royaume caché. De cette colère naquirent les montagnes de Tar, la vallée des pierres debout, les îles enfouies, les sommets de glace du nord, l'antre des sorciers, la forêt des grichepoux, les collines des roufs, le grand boisé des krounis…

« Quand sa rage fut éteinte, Tar créa les fées. »

Un murmure de ravissement parcourut la foule. Jacob sentit une sève chaude monter en lui.

— Tar avait sans doute du regret d'avoir donné tant de puissance aux sorciers, continua Liénard. Il ne pouvait défaire ce qui était fait, aussi tenta-t-il de contrer les forces obscures en permettant aux fées de régner sur les petits peuples.

« Après la naissance des fées, Tar jugea que l'équilibre entre les pouvoirs féeriques et les pouvoirs maléfiques était bon. Il savait qu'il y aurait des tensions et des colletaisons, malgré tout, il lui semblait que son œuvre était belle. Il avait inventé l'horreur et l'enchantement, la grâce et la perversion. Il contempla longuement le royaume nouveau et décida qu'il lui restait un dernier peuple féerique à mettre au monde. Les petits êtres enchantés avaient été créés dans l'insouciance. Les nains étaient simplissimes et bons, les lutins espiègles, les gnomes naïfs et joyeux, les roufs un peu bougons mais doués pour la fête... Il manquait un peuple plus près de la pensée de Tar. C'est ainsi que naquirent les géants.

« Tar nous fit grands et forts sans doute pour embêter les sorciers, à qui il avait accordé tant de pouvoirs. Il n'attribua pas aux géants de don clair ni de pouvoir frappant. Il nous fit le cadeau d'une âme juste, d'un cœur bon et d'un regard sensible à la beauté du royaume. Il nous permit de communier avec la terre et le ciel afin de nous souvenir qu'il existe quelque chose de plus grand, de plus beau et de plus puissant que nous-mêmes. Il nous encouragea aussi à nous trouver ensemble dans un même espace parce que l'âme s'élève plus haut en ces moments-là.

« Les géants vécurent longtemps parfaitement heureux. Jusqu'à ce qu'un jour... »

La voix de Liénard s'éteignit. Il était en proie à une vive émotion. Un long frisson parcourut la foule. Les géants avaient maintes fois entendu l'histoire de la naissance du royaume et de ses premières transformations et ils s'en régalaient. La suite leur était rarement racontée. Ils étaient tous suspendus aux lèvres de Liénard. Comme eux, Jacob avait oublié qui il était et où il était. Seule existait la parole du conteur.

Le père de Rosie reprit son récit d'une voix qui perçait le cœur des géants :

— L'apparition des fées et des géants troubla fortement le grand sorcier Driak. Il ne pouvait accepter que sa suprématie soit mise en péril. Il conçut donc un terrible projet : affirmer son pouvoir et éliminer les fées.

« Driak prit la forme d'une géante. Sa peau était douce et lisse comme la nacre des coquillages. Elle avait un corps ferme et souple, de bons bras, des jambes droites et fortes, des cheveux de la couleur du soleil de jour et des yeux du même bleu-vert que l'eau des ruisseaux sous la lumière. Driak prit le nom de Lutha et choisit Magnu, le plus faible des géants, pour le séduire.

« Lutha rencontra Magnu plusieurs fois secrètement. Elle planta en lui la folle idée qu'il était meilleur que ses semblables et que cela expliquait qu'elle l'ait choisi, lui. Elle disait venir d'un lointain territoire où les géants étaient beaucoup mieux informés que ceux qui habitaient ici. Ces géants-là savaient que Tar n'est pas une si grande puissance et que les sorciers ne sont pas si redoutables.

« Avec l'assistance du géant Magnu, Driak espérait faire de plusieurs autres géants ses alliés, émissaires ou guerriers. Magnu fut tant charmé par la fausse géante qu'il commença à répandre la pensée de Driak parmi ses plus proches amis. Lutha lui fournit de l'hydransie pure pour qu'il en fasse offrande autour de lui. Elle avertit Magnu de ne pas en avaler lui-même parce que ce liquide qui savait rendre plus gai et fournir des sensations neuves avait aussi la réputation d'entailler la lucidité.

« En vérité, Driak savait que l'hydransie accroche sévèrement tous les géants qui y goûtent en installant en eux l'envie d'en prendre davantage.

« Magnu distribua de l'hydransie en cachette. Trois gouttes suffisaient pour plonger les géants dans un état de bêtise étrange. Magnu constata rapidement les ravages du liquide. Ses amis étaient prêts à tout pour obtenir des doses de plus en plus importantes.

« Lutha avait identifié des géants à qui Magnu pouvait en offrir et d'autres qui devaient rester loin parce que le sorcier se méfiait d'eux. Ces derniers ont commencé à croire qu'un mal invisible avait atteint leur communauté et ils s'attendaient à en être bientôt affligés à leur tour. Les géants qui depuis toujours n'avaient connu que la paix d'âme, de cœur et d'esprit découvrirent le tourment. Les uns avaient peur, les autres souffraient d'un manque qui les rendait mauvais.

« Un géant mourut dans d'effroyables souffrances après avoir avalé trop d'hydransie. Magnu fut accusé d'avoir répandu un poison. Mirama, une très vieille géante qui épiait Magnu depuis un moment, révéla la présence de Lutha, que Magnu continuait de voir en cachotterie. Mirama jura que Lutha mentait puisqu'il n'existait pas d'autre communauté de géants dans tout le royaume caché.

« Magnu prit la défense de Lutha, ce qui souleva la colère des siens. Il fut jugé coupable de grande trahison. Mirama fit valoir que ce verdict constituait une punition suffisante et que l'exemple des autres géants ramènerait Magnu sur un chemin plus droit. Elle suggéra que tous s'unissent et s'entraident afin que la potion ne circule plus.

« Les géants en manque d'hydransie se découvrirent piégés. L'un d'eux attaqua Magnu en lui griffant horriblement le visage. Un autre, témoin de la scène, le roua de coups affreux. Ils furent bientôt cinq à s'acharner sur son corps. Ses cris de douleur excitèrent ses bourreaux, entraînant un déferlement de méchanceté brutale. Les autres géants assistèrent au spectacle, immobiles comme le roc. Une sorte de curiosité malsaine les clouait sur place.

« Les agresseurs devinrent encore plus sauvages. Ils mordirent leur victime jusqu'à faire couler le sang puis brisèrent ses os à coups de pied sans épargner son visage. Des géants les supplièrent d'arrêter, mais aucun d'eux n'eut le courage de faire barrage.

« Après avoir maintes fois imploré la pitié de ses bourreaux, Magnu poussa son dernier râle. Son visage était en bouillie et son corps difforme lorsque son âme le quitta. »

Liénard observa un moment de silence. L'assemblée de géants en profita pour se recueillir. Plusieurs rendirent silencieusement hommage à Tar en se promettant de ne plus jamais oublier le pacte des géants qui consistait à faire fleurir la paix et à repousser toute violence. Jacob se laissa envahir par les ondes autour de lui en sachant qu'il expérimentait un moment précieux.

— À peine le cœur de Magnu eut-il cessé de battre qu'un vent dévastateur se leva au-dessus de la prairie des géants, reprit Liénard. Le ciel devint rouge. Puis mauve. Et, enfin, totalement noir. C'était épouvantable. Des éclairs le déchirèrent et une pluie de fin du monde s'abattit. Les géants, affolés, prièrent Tar de leur pardonner, les uns leur brutalité, les autres leur inaction.

« La colère de Tar redessina le paysage. Des cavernes naquirent au pied des montagnes et une rivière large et profonde creusa son lit dans le sol. Au centième jour, la

pluie cessa soudainement. Les géants étaient surpris de respirer encore. Ils croyaient la colère de Tar épuisée lorsqu'un
grand vacarme ébranla les montagnes. Une boule de feu
tomba du ciel et vint exploser au milieu du territoire qu'habitaient les géants. Elle creva le sol et en fit jaillir un liquide
écarlate, épais et brûlant. On aurait dit que la terre souffrante
répandait son sang. Pour échapper au feu, les géants plongèrent dans la rivière.

« La sève bouillonnante laissa derrière elle un paysage
dévasté. L'adorable prairie avait disparu. Il ne restait plus
qu'une infinitude de sable rouge. Plusieurs générations de
géants naquirent et moururent avant que le sol ne refleu-
risse miraculeusement.

« Tar désirait que les géants n'oublient jamais. L'histoire
de Magnu resta vivante grâce à la voix des conteurs chargés
de préserver la mémoire. Tar laissa aussi son empreinte sur
notre territoire. Cette marque, comme une blessure, c'est le
cratère des géants. Nos aïeuls ont survécu héroïquement dans
ce creux aride laissé par la boule de feu. Peu à peu, le sol s'est
cicatrisé et les géants ont recommencé à se nourrir ici
même de feuilles et de plantes.

« Très longtemps après avoir été si cruellement éprouvés,
les géants eurent enfin droit à la clémence de Tar. Il décida
de célébrer leur fidélité au pacte de paix en offrant sa protection au sol. Depuis, les colères de Tar n'atteignent plus le
cratère des géants. Nous sommes libres d'explorer et même
d'investir tous les territoires autour de nous. Mais nous
pouvons toujours revenir à cet espace privilégié. En retour,
Tar nous demande de garder l'âme ouverte, l'esprit lucide et
le cœur bon, de propager la paix et de refuser toute violence. »

Liénard termina son récit sur ces paroles. Une rumeur admirative parcourut la foule. Jacob ne pouvait imaginer que Gork puisse livrer un récit plus puissant.

LA GRÂCE DES FÉES

— J'ai promis, se répéta Agalaé en inspirant lentement et profondément afin de ne pas s'évanouir.

Elle avait épuisé ses réserves d'enchantement. Si le supplice continuait, elle allait s'éteindre pour toujours dans l'antre de Zarcofo. Comme toutes les fées souveraines depuis la création du royaume caché, Agalaé, fille de Birinice, mère de Lauriane, grand-mère de Youriana, avait renoncé à l'immortalité en acceptant de devenir reine. Elle avait terminé son règne en sachant qu'un jour Tar lui réclamerait ses derniers pouvoirs. Elle irait alors dormir parmi les étoiles.

— Réponds-moi, vieille rouf, sinon j'ordonne à mon fougre de brûler une fois de plus tes sales pieds et je te fais danser jusqu'à ce que tu crèves.

Celui qui venait de parler était l'être le plus redouté du royaume caché et le plus puissant après les fées : Zarcofo, arrière-petit-fils de Driak. Le grand sorcier adorait les métamorphoses, mais cette fois il s'était révélé dans toute sa hideur à celle qu'il croyait n'être qu'une vieille rouf. Une chasuble noire, aussi luisante qu'une aile de corbeau, recouvrait sa haute silhouette sans parvenir à dissimuler sa minceur cadavérique. Une peau grise recouvrait ses longs bras osseux.

Ses mains étaient pourvues de doigts maigres et noueux perpétuellement agités. Il avait un cou de vautour, le plus souvent replié et très mobile si bien que sa tête semblait dotée d'une vie indépendante du reste du corps.

Son visage étroit, fortement émacié, était fendu d'une large bouche aux lèvres minces qu'il frottait l'une contre l'autre sans arrêt, glissant parfois une langue de reptile, incroyablement pointue, entre les deux. Son nez rappelait le bec d'un oiseau de proie, proéminent et crochu. Il avait le front haut, plissé de rides creuses, et son crâne était largement dégarni. Des touffes de longs poils grisâtres s'affolaient autour de sa tête. Une telle méchanceté brillait dans son regard que nul ne pouvait le soutenir plus qu'un bref moment. Les prunelles jaunes de Zarcofo crevaient le cœur et glaçaient l'âme de celui qui osait lever les yeux vers lui.

Le sorcier était assis sur un immense coffre en or blanc garni de pierreries et rempli de quelques-uns de ses plus précieux trésors. Un fermoir magique lui garantissait que nul ne subtiliserait son bien. Quiconque osait toucher au précieux coffre voyait sa main se décomposer à une vitesse fulgurante en ne laissant qu'un bout de membre putréfié.

Les murs de l'antre de Zarcofo suintaient et une odeur fétide hantait la pièce. Ce parfum excitait le sorcier. C'était l'odeur de tous ceux qui étaient morts suppliciés en ce lieu.

— Que veut le jeune étranger ? tenta à nouveau Zarcofo. Comment espère-t-il briser le sortilège et ramener la princesse ? Réponds, vieille carcasse ! Je sais que tu as des pouvoirs que les autres roufs n'ont pas. Et ton amie Maïra aussi, chez qui tu te cachais. Parle vite si tu ne veux pas finir calcinée.

Agalaé frémit en songeant que le sorcier pourrait s'en prendre à sa bonne amie. Jamais elle n'aurait cru que sa promesse à Tar exigerait autant d'héroïsme. Malgré tout, elle ne regrettait rien. Elle avait vécu d'innombrables journées enchantées et Tar l'avait gratifiée de suffisamment de force lumineuse pour faire échec aux sorciers. Son règne avait été bon.

Le jour venu, elle avait cédé son trône à Lauriane en formulant la requête de prendre le corps d'une rouf pour assister sa fille à partir des collines de ce petit peuple qu'elle affectionnait particulièrement. Plusieurs centaines de soleils étaient apparus puis s'étaient évanouis dans le ciel sans que Zarcofo ne parvienne à découvrir où elle se terrait. Et en cet instant encore, le sorcier ne savait pas qu'il torturait une fée de la plus haute lignée.

Agalaé perçut le signe que fit Zarcofo à son fougre. L'horrible créature hybride, une sorte de bouc hideux avec des allures d'humain, avança, une torche allumée au bout de son bras recouvert de plaies sanguinolentes. La dernière reine connaissait la cause de ces blessures. Zarcofo prenait plaisir à torturer ses fougres en sachant que ces traitements fouettaient leur rage et les rendaient plus impitoyables.

Lorsque la flamme lécha la plante de son pied, Agalaé émit une plainte si déchirante que pendant un bref moment, et à son plus grand étonnement, le fougre fut touché et son vilain bras trembla. Agalaé implora secrètement toutes les fées et avec elles toutes les créatures enchantées de la secourir. Elle ne craignait pas de parler sous la torture. Elle avait seulement peur de ne pas s'éteindre dans la plus grande dignité.

Les fées durent l'entendre. Et les géants et les petits peuples aussi. Peu d'entre eux soupçonnèrent combien ce qui se jouait en cet instant était grave, mais un grand nombre de créatures enchantées entendirent la prière muette d'Agalaé et répondirent d'une pensée qui flotta jusqu'à elle. Ainsi assistée, Agalaé parvint à lever les yeux sur Zarcofo, à soutenir son regard et à esquisser un sourire destiné à lui rappeler que la grâce des fées était supérieure à la cruauté des sorciers.

LE RÉCIT DE GORK

— Je ne vous raconterai pas une histoire mille fois racontée, mais une histoire que l'on tait alors qu'elle devrait être répétée, commença Gork. Elle est aussi vraie que celle de mon ami Liénard. Si elle n'est pas connue, c'est parce que les fées préfèrent que les géants vivent dans le mensonge, l'inconscience et l'oubli.

Gork ménagea habilement une pause. Jacob constata que les géants réunis étaient déjà accrochés à sa parole. Le géant conteur promena un regard sévère sur son auditoire avant de reprendre d'une voix remplie de tant d'assurance que ceux qui l'écoutaient ne pouvaient imaginer qu'il ne dise pas vrai.

— Ces événements ont eu lieu bien après le règne de Driak. Le sorcier souverain en ce temps s'appelait Kan. À l'époque, les fées avaient réussi à convaincre les peuples féeriques de ne jamais brandir le poing ni lever les armes. Lorsqu'un goule ou un korrigan faisait des ravages, il fallait l'ignorer, quitte à subir de lourds dommages. Tous les petits peuples et avec eux les géants avaient désappris à se défendre. Ils baissaient stupidement la tête, courbaient l'échine, rampaient...

« Le sorcier Kan n'était pas collectionneur de trésors comme Zarcofo. Il était heureux de manger à sa faim, de dormir beaucoup et de profiter du spectacle des elfes capturés par ses assistants. Kan les faisait danser. Son antre était rempli de musique et de chants. Il advint donc ce qu'il advient toujours lorsqu'on refuse d'admettre des vérités profondes. »

— De quelles vérités parles-tu? demanda Sylva, méfiante.

Gork faillit répondre avec hargne. Il parvint toutefois à se ressaisir à temps.

— Je parle de la nécessité de défendre ce qui nous est précieux. Et de la folie de croire qu'il suffit d'ignorer la violence pour la faire disparaître. J'invoque l'importance de ne pas se laisser voler, outrager et ridiculiser...

Le discours de Gork portait. Les géants avaient appris à ne jamais répliquer à la violence, mais cette attitude leur coûtait. Ce qu'évoquait Gork remuait des émotions enfouies. Jacob ressentit en lui-même le trouble des géants. Et il sut que ce qui se passait était dangereux pour tous, le fragilisant, lui, particulièrement. L'issue du duel se révélait soudain beaucoup plus hasardeuse.

— Sous le règne mou de Kan, alors que la morale des fées engourdissait les peuples féeriques, des sorciers convoitèrent la souveraineté de Kan. Ils étaient trois : Araf, Biord et Cradir. Laissez-moi vous raconter ce qui arriva. Vous découvrirez ce que les fées vous cachent et vous comprendrez mieux le rôle et l'importance du sorcier Zarcofo.

« Chacun des trois sorciers savait pertinemment qu'il n'était pas le seul à vouloir remplacer le sorcier souverain.

Cradir agit le premier. Son plan était clair : éliminer ses opposants avant d'attaquer Kan. Il choisit de frapper Biord, le plus jeune des trois sorciers, en premier.

« Biord s'était constitué dans le secret une armée de gobelins, de bigres et de fâcheux, mais Cradir en avait été informé. Il jeta aux guerriers de Biord un sort qui les rendit tous stupides pendant la durée de l'assaut. Ces sortilèges que jettent les sorciers réduisent pendant un temps leur puissance. Cradir s'était affaibli en maîtrisant autant de guerriers. Il choisit pourtant d'attaquer Biord sans assistance sous un soleil de nuit.

« Le jeune sorcier dormait sur un lit de fleurs de yacoub, symbole de sa richesse. Cradir arriva sans bruit. Il s'était amusé longuement à concevoir la scène. Cradir se réjouissait de tourmenter sa victime avec un accessoire de son invention : un gant de mailles agrémenté de griffes acérées trempées dans un poison qui, au contact du sang, amplifiait la douleur. Après, seulement, il lui trancherait la gorge.

« À l'heure d'attaquer, Cradir fut saisi de convulsions. Prévenu de l'assaut, Biord avait feint le sommeil et répliquait d'un sortilège. Le jeune sorcier se releva en brandissant une longue épée cachée sous les fleurs de yacoub.

« D'un seul coup de cette épée héritée de son père, Biord fit voler la tête de son ennemi. Il eut tout juste le temps d'entrevoir ses yeux révulsés et sa bouche déformée par la terreur. Biord eut alors un sourire de satisfaction si cruel que les goules qui en furent témoins sentirent le sang se figer dans leurs veines. »

Les géants étaient subjugués par le récit de Gork. Jacob avait oublié qui il était et où il était. En un éclair, il comprit le pouvoir du conteur. Son récit d'horreur et de cruauté excitait les géants. Lui-même s'était laissé prendre. Il avait éprouvé du plaisir à imaginer les scènes. Plus Gork en ajoutait, plus il avait envie d'en entendre.

— Je ne veux pas vous accabler de scènes éprouvantes, reprit Gork hypocritement. Je serai donc bref. Biord n'eut pas le plaisir de trancher d'autres têtes. Araf était le plus rusé des trois sorciers et le mieux versé en maléfices. Il eut l'intelligence de se rendre invisible et ne gaspilla aucune énergie à se débarrasser de Biord. Ses fougres s'en chargèrent d'une manière si épouvantable que je n'ose pas vous le raconter.

Jacob sentit une haine féroce monter en lui. Gork manipulait les géants avec virtuosité. Il était fourbe et terriblement dangereux. Gork savait que les géants avaient soif de détails macabres. Il les leur refusait exprès, jouant avec eux pour faire monter le désir.

— Kan, le sorcier souverain, était une créature d'une intelligence exceptionnelle dotée de remarquables pouvoirs. Ensorcellements, incantations et maléfices avaient peu de secrets pour lui. Sa prodigieuse maîtrise des arts magiques lui avait valu d'être élu souverain. Pourtant, son règne l'ennuyait. Il jugeait les autres sorciers stupides. Comment pouvaient-ils se laisser gouverner aussi bêtement par leurs émotions? La haine, la vengeance et l'avidité faisaient des sorciers leurs esclaves. Kan se fichait du bien comme du mal, mais il aimait rester maître de lui-même.

« Étrangement, il avait aussi, plus que d'autres sorciers, une capacité à s'abandonner au plaisir, sans jamais perdre son contrôle ou sa lucidité. Il multipliait habilement les sources de jouissance et profitait de sa souveraineté en s'offrant les meilleurs élixirs, les performances des elfes les plus doués, la chair des espèces les plus prisées et bien d'autres caprices. Ses décisions dans les affaires du royaume caché étaient rapides et tranchées et il était assez futé pour s'assurer la fidélité de ses sbires.

« Araf n'avait pas cerné l'essence profonde de Kan. Il l'imaginait sous l'emprise de ses sens. Il conçut donc un élixir au goût exquis. Moins d'une gorgée suffisait pour faire fondre les organes internes de celui qui l'ingurgitait. Araf introduisit l'extrait maléfique dans les cuisines de Kan grâce à un espion.

« Nul ne sait si Kan reçut un avertissement ou si son intuition seule le servit. Au moment de porter la coupe à ses lèvres, le sorcier se tourna vers une sorcière de son entourage avec qui il se livrait parfois à des ébats distrayants. "Trempe tes lèvres dans ce liquide exquis !" l'invita Kan en lui tendant la coupe.

« Heureuse de profiter d'une rare faveur, la sorcière avala une longue gorgée. Les serviteurs de Kan, bigles et harpies, virent le corps de la sorcière se tordre de douleur avant de fondre comme de la cire. Kan ne s'en émut pas. Il prit le temps de mastiquer lentement une patte de xélou avant de lever le regard sur Araf, qu'on venait de capturer.

— Tu souhaites prendre ma place ? s'enquit Kan sur un ton dépourvu d'émotions, à croire que tout cela n'avait guère d'importance.

« Araf plongea ses yeux dans ceux de Kan avec l'espoir de percer ses intentions, mais le regard du sorcier souverain était impénétrable.

— Je te cède ma place, Araf, si tu uses de magie supérieure à la mienne, proposa Kan.

« Il transforma aussitôt les restes de la sorcière, un tas d'os et de graisse fumante, en une femme qui avait la grâce d'un elfe, la beauté d'une fée et la taille d'une demi-géante.

« Au lieu de se mesurer à Kan comme il avait été invité à le faire, Araf s'attaqua traîtreusement à son ennemi en prononçant une formule obscure. Kan perdit aussitôt la vue. Aucun de ses sbires ne réagit puisqu'il n'y paraissait rien. Le sort rendit Kan fou de colère, lui qui détestait tant être gouverné par ses émotions.

« Kan avait agi de bonne foi. Il avait manifesté une rare virtuosité en faisant apparaître la belle créature et il avait cru que le défi plairait à Araf. La rage de Kan explosa de façon spectaculaire. Sa colère pulvérisa Araf, le réduisant en poussière, mais il ne s'en satisfit pas. Une volée de sorts détruisit des centaines et des centaines de petits êtres féeriques. Kan restait déchaîné. Après avoir si longtemps maîtrisé ses pulsions, il les laissait déferler avec une sauvagerie qui laissa les fées impuissantes et hébétées. Nul ne sait jusqu'où serait allé Kan si Zarcofo ne s'était pas interposé. Il sauva le royaume en prenant la relève et en imposant sa loi. »

L'HISTOIRE CACHÉE

La menace de Gork résonnait aux oreilles de Jacob : « Si je triomphe, nous pourrons le hacher menu et le livrer aux bêtes affamées. » Les deux conteurs avaient réussi à ébranler leur auditoire. Les géants devaient maintenant choisir celui qui les avait troublés davantage. Jacob n'était plus sûr de la victoire de Liénard.

Gork observait la foule, satisfait. Liénard avait les yeux fixés sur sa fille. Il eut un mouvement de tête, à peine perceptible. Rosie s'avança sans hésiter et vint se planter entre son père et Gork.

— Je réclame un droit de réplique, annonça-t-elle.

Un mouvement de stupéfaction parcourut la foule. Sylva expliqua à Jacob que Rosie annonçait ainsi son désir de se mesurer elle-même à Gork, annulant du coup la prestation de Liénard. Les géants étaient sidérés par sa proposition.

— Es-tu sûre de savoir dans quoi tu t'engages ? demanda Gork sur un ton paternaliste, à croire qu'il ne souhaitait rien d'autre que le meilleur pour Rosie.

— Tu n'as pas à faire semblant de t'inquiéter pour moi, Gork, répondit la petite géante avec une assurance qui arracha un murmure d'étonnement à l'assemblée de géants.

Gork plissa son gros nez d'un air dégoûté et esquissa un geste de révérence destiné à ridiculiser la petite géante. Rosie l'ignora. Son œil unique, superbement bleu, perçait la foule. La petite géante ouvrit la bouche et un chant d'une douceur infinie s'éleva. Après l'histoire tordue de Gork, la mélodie qui s'échappait des lèvres de Rosie semblait porteuse de toutes les promesses. C'était à la fois une ode, un baume et une prière.

La mélodie de Rosie balaya les derniers souvenirs affreux qui hantaient encore l'esprit des géants depuis le récit de Gork. Elle s'imprégna doucement en eux et fit naître des images enchantées qui épousaient les rêves de chacun. Les géants étaient si bien envoûtés qu'ils ne remarquèrent pas immédiatement lorsque Rosie passa du chant à la parole.

— Je suis née après que le sorcier Kan eut succombé à sa propre fureur et que Zarcofo l'eut remplacé vitement, commença Rosie. Gork transforme Zarcofo en grand bienfaiteur, gardien de l'équilibre des forces, chargé de faire obstacle à la folie des fées qui réclament une paix impossible. Il dit que nous devons nous réjouir, car Zarcofo sait maintenir l'ordre et éloigner d'autres sorciers qui accompliraient pire. Les paroles de Gork touchent le cœur des géants parce qu'elles paraissent pleines de sens. »

Rosie s'accorda une brève pause avant de poursuivre.

« Mais tout cela est faux. Zarcofo est vil et malin. Il veut éliminer les fées. Pour y parvenir, il doit d'abord empêcher Youriana de monter sur le trône. C'est lui qui la maintient endormie en attendant d'affermir sa puissance. Mon ami Jacob est chargé de rejoindre la reine afin qu'elle lui remette un objet magique qui servira à nous ramener Youriana.

Il y aura bientôt cent saisons que le roi magicien, époux de Lauriane, est décédé et il est écrit que le jour du centième anniversaire de sa mort, la reine mourra à son tour et la princesse deviendra la nouvelle souveraine. »

— Mais les fées sont immortelles ! s'exclama Jacob.

— Tu as raison, ami Jacob. Mais celles qui accèdent au trône le paient de leur vie, expliqua doucement Rosie. C'est une belle façon de s'assurer de la pureté de leurs intentions. Tar leur accorde d'étirer un peu leurs jours dans une deuxième vie après avoir quitté le trône. Toutefois, elles sont condamnées à s'éteindre.

Dans sa tête, Jacob traduisit : Youriana mourra un jour. Il n'eut pas le temps d'y réfléchir davantage car Rosie poursuivait son récit, la voix empreinte d'une solennité nouvelle.

— Que ceux qui accordent foi aux paroles de Gork m'écoutent, déclara-t-elle. Si vous nécessitez une preuve de la sauvagerie de Zarcofo, ouvrez bien les yeux car cette preuve, c'est moi.

« Je suis sortie du ventre de ma mère avec deux yeux très bleus et deux mains plutôt jolies qui bougeaient parfaitement. Mon père est un bon géant pourvu d'un don de paroles et d'une intelligence qui n'a d'égale que sa bienveillance. Zarcofo a voulu l'avoir à lui. Il lui a offert des privilèges et des fantaisies en échange de la promesse de lui servir d'émissaire. Liénard a refusé.

« Sous ce même soleil, ma mère a été atteinte d'un mal invisible et tout à fait soudain qu'aucune herbe, aussi enchantée fût-elle, n'a pu soulager. Elle a cessé pour toujours de respirer après une nuit d'agonie pendant laquelle mon père m'a bercée en pressant ses larges mains sur mes oreilles. J'ai tout entendu quand même et jamais je n'oublierai les cris de ma mère. »

Rosie se tourna vers Jacob :

— Sache, ami Jacob, que les géants sont mortels, mais que Tar leur prête vie pendant plusieurs centenaires. Ma mère a été tuée avant même d'avoir connu un demi-siècle de soleils.

« Lorsqu'elle rendit l'âme, mon père poussa un gémissement si effroyable que le vent lui-même se tut. Sa peine était désespérante. Mais cela ne suffit pas à Zarcofo. Alors que ma mère gisait raide dans son dormitoire et que mon père hurlait comme une bête écartelée vivante, Zarcofo frappa une fois de plus.

« Cette fois, il n'expédia pas d'émissaire. Il vint lui-même jusqu'à moi. Liénard m'avait abandonnée sur l'herbe à quelques pas de ma mère. Je ne pleurais pas, je m'en souviens. Ma terreur était trop grande pour que coule ma peine. J'étais encore hantée par les cris d'agonie de ma mère, mais son silence soudain me semblait encore plus atroce. J'attendais que quelqu'un vienne me réconforter.

« C'est Zarcofo qui m'a cueillie dans ses vilains bras. Il m'a emportée à l'écart afin que les autres géants ne voient pas. De ses doigts nus, il a arraché mon œil. De sa bouche aux longues dents jaunes, il a séparé ma main de mon bras.

« Je pourrais agrémenter mon récit d'une foule de détails sordides qui m'assureraient de remporter ce duel. Cependant, je ne le ferai pas. Mon œil manquant et la main disparue au bout de mon bras devraient suffire.

« Je ne veux pas vous gaver d'images atroces. Au fond de votre mémoire, vous saviez ce qui m'est arrivé. Mon père n'a pas caché l'histoire. S'il n'a pas pris goût à la répandre, c'est parce que la haine et la violence sont de trop dangereuses semences. »

Rosie promena son œil couleur de ciel sur la foule avant de poursuivre :

— De cette vérité est née notre loi, celle qui dicte aux géants de ne jamais répliquer à une parole agressive ou à un geste violent, même s'ils pourraient de leurs simples mains broyer la plupart de leurs attaquants.

Dans le silence qui suivit, Jacob crut entendre battre le cœur des géants et le sien aussi. Rosie semblait soudain plus grande que tous. Elle prit le temps de poser son regard empreint de bonté rayonnante sur chacun des géants. Puis, elle esquissa un sourire plein de promesses et ajouta, d'une voix chaude et lente :

— Je crois et je croirai toujours en cette difficile loi de paix que défendent courageusement les fées.

Gork cracha un jet de jus noir sur le sol. Liénard s'approcha de sa fille et l'enveloppa de ses grands bras, le visage débordant de fierté.

Jiade réclama le vote en nommant d'abord Rosie. Il y eut un moment d'immobilité que Jacob trouva atroce. Puis, les mains se levèrent une à une. Lorsque Jacob eut le courage de relever la tête, il découvrit qu'il était sauf. Rosie avait récolté toutes les voix, sauf deux.

FANDOR

Liénard s'éloigna d'un pas rapide. Jacob était perché sur son épaule. Rosie les suivait de près.

«Dans quelques jours, Fandor sera guéri et je pourrai reprendre ma route vers le nord», se répétait Jacob. Il aurait dû se sentir rassuré après avoir échappé au pire. Pourtant, son œil magique le prévenait d'un danger. Une présence malveillante rôdait. Et il ne s'agissait ni de Gork ni de ses acolytes.

Liénard s'arrêta dès qu'il n'y eut plus d'autres géants autour d'eux. Il prit Jacob dans sa main et le tint à la hauteur de son visage.

— Tu dois partir immédiatement, déclara Liénard d'un ton sans réplique.

Jacob se tourna vers Rosie. Elle était du même avis que son père.

— Mais Gork a perdu ! protesta Jacob. Il ne peut plus m'attaquer. Et je dois attendre Fandor...

— Gork ne t'attaquera peut-être pas lui-même, mais il fera appel à des complices, répliqua Liénard. Le duel de récits nous a surtout permis de remporter du temps.

Nous espérions que dans l'attente Fandor serait guéri...
Nous savions aussi que tu serais moins fortement en danger
si nous forcions Gork à agir avec plus de retenue en gagnant
le duel. Surtout, nous souhaitions que les autres géants et
tous les petits peuples te prennent dans leur cœur. Tu auras
besoin d'alliés pour atteindre le château de la reine.

« N'oublie pas que Gork veut s'acheter les grâces de Zarcofo
et que la meilleure façon, c'est de te livrer au sorcier. Mort
ou vivant. »

Une vague de panique déferla sur Jacob. Il se trouvait
soudain terriblement naïf d'avoir cru en la parole de Gork.

— Fandor n'est pas prêt à m'accompagner, plaida-t-il
malgré tout. Il était fiévreux encore ce matin. Et la route est
beaucoup trop longue jusqu'au château de la reine pour que
je l'entreprenne à pied. Le temps presse, vous le savez...

L'angoisse lui tordait les entrailles. Il ne se sentait plus
comme un être choisi. Il n'était pas un chevalier, il n'était pas
l'Élu. Il n'était qu'un adolescent terrifié par ce qui l'attendait.

— Je ne veux pas partir seul, ajouta-t-il, la voix brisée.
J'ai besoin d'un compagnon...

Rosie s'approcha de Jacob, encore installé dans la main
de Liénard, et très doucement, du bout de son index, elle
caressa son dos.

— Je comprends ta peur, affirma-t-elle d'une voix apaisante. Mais ta mission ne peut dépendre d'un compagnon,
qu'il soit chien-cheval ou xélou. Tu oublies l'essentiel, mon
bel ami...

Rosie se recueillit. Un souffle de vent vint caresser la peau de Jacob. Il leva les yeux et vit le soleil de nuit, pâle et laiteux, surgir triomphalement derrière un nuage. Un parfum d'herbe tiède et de fleurs sucrées l'enveloppa. Au loin, un oiseau poussa un tout petit cri.

— Tu n'es jamais seul, Jacob Jobin. Rappelle-toi : où que tu sois, des forces supérieures te nourrissent et t'assistent, poursuivit Rosie. Crois dur comme pierre en ta mission, aie une foi éclatante en toi et une foi aussi ardente en ces puissances que tu devines à peine.

Une voix intérieure poussait Jacob à adhérer aux paroles de Rosie. Durant les jours d'entraînement, avant le voyage, il s'était découvert plus fort qu'il ne l'avait cru. Et pendant les heures de contemplation imposées par Léonie, il avait senti d'invisibles présences.

Malgré tout, son cœur hésitait encore. Jacob chercha des mots pour expliquer sa confusion, mais Rosie l'arrêta.

— Tu n'as pas à m'offrir tes paroles, Jacob, le rassura-t-elle. Laisse simplement les miennes t'imprégner lentement.

— Pars maintenant, le pressa Liénard. N'attends pas le soleil de jour. Montre-moi la carte du royaume que tu gardes dans ta poche et laisse-moi t'indiquer un chemin.

Liénard parvint à convaincre Jacob de ne pas se diriger vers les montagnes de Tar par la route la plus directe. Il irait droit dans une embuscade. Le père de Rosie lui recommandait un bref détour par la rivière des chouyas. Jacob devait longer la rive nord jusqu'à l'orée de la forêt des krounis, qu'il traverserait avant d'apercevoir le pic de Tar, le plus haut sommet de la barrière montagneuse. Après, il atteindrait la vallée des pierres debout, puis le sentier menant au désert de glace où la reine Lauriane protégeait une pierre bleue dans son château d'hiver.

— C'est bon. Je suis prêt, annonça Jacob. Laissez-moi seulement faire mes adieux à Fandor.

À sa grande stupéfaction, Jacob trouva le chien-cheval debout devant son abri. L'animal semblait parfaitement vaillant. Liénard déposa son petit protégé sur le sol. Jacob resta figé, ébahi par la scène.

— Je ne comprends plus, admit Rosie, aussi étonnée que Jacob. Avant de rejoindre les géants autour du feu, je l'ai fait boire et j'ai changé son emplâtre. Sa fièvre avait pris de la force...

— Il faut peut-être remercier les puissances dont tu parles, déclara Jacob, trop heureux pour chercher à comprendre.

Rosie ne répondit pas. Elle observait le chien-cheval de son œil incroyablement perçant. Jacob s'étonna de la voir soucieuse.

Liénard s'agenouilla devant Fandor et prit la tête de l'animal entre ses deux immenses mains. Le chien-cheval s'ébroua comme pour échapper au regard du géant.

Fandor avança vers Jacob, l'air de dire : « C'est lui mon maître. » Il gardait la tête haute et semblait bien solide sur ses pattes.

— Je crois bien que tu n'as plus de raisons de rester parmi nous, dit Liénard.

— Je n'ai pas envie de vous dire adieu, avoua Jacob d'une voix altérée par l'émotion. Merci de ta bonté, Liénard. J'espère que ma route sera semée d'êtres aussi extraordinaires que toi.

— Ce fut un plaisir de t'être un peu utile, petit homme, répondit Liénard en se penchant pour saluer solennellement son jeune protégé.

Rosie le prit dans sa main et l'enveloppa de son regard bleu.

— Adieu, ami Jacob, souffla-t-elle.

— Adieu, petite sœur, chuchota Jacob. Je ne t'ai jamais appelée « amie Rosie », parce que dans mon cœur je t'appelais « petite sœur » malgré ta haute taille.

— Alors, dans mes souvenirs, tu seras à jamais mon grand frère, répondit Rosie. Et si ta mission nous réunit encore un jour, c'est en ces termes que je t'accueillerai. Je voudrais partir avec toi. C'est impossible parce que ma présence alerterait tes ennemis. Sois rempli de courage, Jacob, et songe parfois un peu aux paroles que je t'ai laissées.

Jacob lui souffla un baiser du bout des doigts et se dépêcha de monter sur le dos de Fandor. Quitter les géants le rendait triste, mais quitter Rosie le déchirait.

LE NORD

Fandor fonça tout naturellement vers la rivière des chouyas. Le soleil de nuit éclairait faiblement leur route. Ils franchirent rapidement le passage menant à la rivière. Jacob sentit sa gorge se serrer en reconnaissant le lieu où ils avaient enterré Béchu.

Le chien-cheval longea la rive nord sans que Jacob ait à le diriger. Liénard avait précisé à Jacob qu'après un coude de la rivière, il entendrait gronder une chute et, au moment où elle apparaîtrait, la prairie herbeuse cèderait la place à un sol caillouteux. Il avancerait encore avant d'apercevoir au loin la forêt des krounis, ces étranges lucioles qui nichaient dans les fentes de l'écorce des arbres. Rosie lui avait raconté que le vol des krounis la nuit était enchanteur, mais que ces petites choses, mi-insectes, mi-elfes, manifestaient des sautes d'humeur imprévisibles et parfois détestables. Elle n'avait rien précisé de plus.

Jacob luttait contre le sommeil. Il tenait à rester éveillé même si Fandor semblait connaître la route. Étrangement, malgré sa grande fatigue, il n'avait pas envie d'enfouir sa tête dans le poil marron et de s'abandonner à son compagnon. Un sentiment d'angoisse l'oppressait. Son œil magique lui confirmait qu'il y avait toujours une présence mauvaise.

Il fouilla dans une de ses poches pour prendre un bulbe d'herbe rouge parmi ses maigres provisions. Ses doigts frôlèrent une surface lisse et dure, mystérieusement chaude. Jacob plongea sa main un peu plus profondément et reconnut la montre que lui avait confiée Léonie. Il s'était si bien habitué à ce poids de peu d'importance au fond de sa poche qu'il avait complètement oublié l'objet.

Jacob sortit la montre de sa poche. Le métal était brûlant. Il ouvrit le boîtier. Les chiffres romains avaient disparu, remplacés par quatre lettres : N, E, S, O. Une aiguille tremblotait sous la paroi de verre. Théodore ne lui avait pas simplement confié un souvenir. Il lui avait remis un objet merveilleux, une boussole qui lui indiquerait toujours la route vers le nord. Vers la reine.

La chaleur du métal diminua peu à peu dans la paume de Jacob. Il retourna la boussole et effleura du bout des doigts les lettres gravées au dos. Jacob sentit que Théodore et Léonie n'étaient pas si loin et qu'ils l'accompagnaient.

Liénard avait décrit le trajet jusqu'à la forêt des krounis sans préciser les distances. Le soleil de jour se levait lorsque Jacob entendit gronder la chute. Fandor galopait toujours au même rythme, infatigable.

Dès qu'il aperçut les nains, Jacob empoigna solidement Fandor par le cou pour l'obliger à s'arrêter. Les nains ramassaient des cailloux qu'ils déposaient dans un grand caisson monté sur de larges patins de bois. Ils s'immobilisèrent en découvrant le chien-cheval et son cavalier.

— N'ayez pas peur! lança Jacob en sautant sur le sol. Je ne vous veux aucun mal.

Un nain s'approcha, les sourcils froncés et la bouche sévère.

— Sois le bienvenu malgré tout, jeune chose. Cette terre n'est pas seulement à nous, tu as le droit de t'y promener, déclara le nain dans un débit tellement rapide que Jacob mit un moment à décoder ses paroles.

D'autres nains répétèrent aussitôt, comme en écho et aussi vite, la même salutation. Soulagé par le ton de l'accueil, Jacob prit le temps de mieux examiner les individus devant lui. Ils paraissaient tous terriblement sérieux avec leur front plissé, leur barbe rigoureusement taillée et les rides creuses sur leur visage. Cette allure, mariée à leur grosse voix nasillarde et à leur manière de parler très expéditive, créait un effet comique.

— Tu ne nous inquiètes plus, poursuivit le même nain. Notre cœur n'arrêtera pas de battre devant toi. Les paroles de la géante ont couru jusqu'à nous. Nous savons que tu n'es pas dangereux. Mais ne te fais pas d'espoirs : nous ne te serons d'aucun secours.

— Comment auriez-vous pu m'aider de toute façon? répliqua Jacob, un peu étourdi par le discours du petit homme.

— Nous sommes bien des fois plus nombreux que les doigts de tes mains, jeune étranger un peu imbécile. Ne sais-tu pas que même les tout-petits peuvent être redoutables lorsqu'ils s'unissent?

— Et pourquoi deviendriez-vous redoutables? s'enquit Jacob, piqué par l'insulte.

— Si nous le décidions, nous pourrions devenir redoutables afin de te protéger, car tu es en danger puisque Zarcofo veut ta peau, répondit le nain sans sourciller. Et sache, jeune chose, que c'est la pire calamité qui puisse arriver à une créature qui bouge et respire.

— Malgré ma grande imbécillité, je savais déjà que personne n'enviait mon sort, déclara Jacob sèchement. Je vais donc reprendre ma route en vous remerciant de vos vœux de bienvenue...

— Voilà une bonne chose, jeune étranger. Avant que tu partes, puisque tu ne nous as rien demandé, ce que nous aurions jugé de bien mauvais goût par ailleurs, nous aimerions t'offrir un menu présent.

Le porte-parole du groupe claqua ses gros doigts et trois autres nains accoururent aussitôt. Celui du milieu tenait un ballot remuant.

— En guise d'amitié, nous aimerions t'offrir des frilles, annonça le porteur.

— Les frilles sont de succulentes petites choses vivantes qui patouillent dans la rivière près de la chute, ajouta le nain qui avait abordé Jacob. Mange tout. Régale-toi! En te revigorant, cette nourriture te protègera des pièges de la forêt des krounis.

Le nain porteur dénoua le morceau de tissu pour en exhiber fièrement le contenu et tendit ce cadeau à Jacob. De violentes nausées étourdirent Jacob alors qu'il découvrait un magma de bestioles grises, gluantes et grouillantes. On aurait dit des escargots – et justement, Jacob détestait la texture caoutchouteuse de ces mollusques –, mais munis d'un nombre affolant de pattes qui s'agitaient en tous sens.

Jacob n'eut pas à faire semblant d'être reconnaissant. Lorsqu'il détacha finalement son regard du mets répugnant, les nains avaient déjà disparu. Jacob abandonna le morceau de tissu rempli de frilles sur le sol, grimpa sur le dos de Fandor et se laissa guider par sa monture.

Affaibli par la faim, épuisé par la longue journée fertile en émotions et bercé par le galop régulier, Jacob luttait de plus en plus difficilement contre le sommeil. Des images surgirent comme dans un rêve éveillé. Il était redevenu un guerrier et chevauchait à côté de Simon-Pierre. Au lieu de galoper dans un boisé près de la maison familiale, ils avançaient dans un territoire hostile, sombre et désertique. Le sol était criblé de trous. L'air était lourd.

Une déflagration perça le silence. Jacob découvrit qu'ils avançaient dans un champ semé de bombes prêtes à exploser. À tout instant, le sol risquait de s'ouvrir sous leurs pieds. Chaque pas représentait un danger.

Jacob secoua la tête pour échapper à cette vision. Il eut un bref sursaut de vitalité causé par la frayeur, mais sa fatigue finit par triompher. Il s'abandonna finalement au sommeil en souhaitant que le sentiment de danger qui le tourmentait depuis son départ ne l'accompagne pas jusque dans ses songes.

LA SOIF DU FEU

— Laissez-le! Je m'occupe de lui, ordonna Zarcofo en esquissant un large sourire sardonique.

Les deux fougres déposèrent la cage sur le sol devant le sorcier. Ils espéraient assister au spectacle qui suivrait, mais Zarcofo les renvoya d'un geste de la main. Avant de quitter l'antre du sorcier, les fougres se penchèrent pour examiner le prisonnier qu'ils ne reverraient sans doute plus. Ils avaient capturé bien des créatures, pourtant celle-ci ne ressemblait à aucune autre. Zarcofo s'amusa un moment de la scène.

L'allure même des fougres avait toujours fasciné le sorcier. C'est parce qu'ils semblaient si naturellement vils et tordus que Zarcofo en avait fait ses plus proches assistants. Les fougres paraissaient résulter du croisement d'un mouflon et d'un humain. Ils marchaient aisément debout mais retombaient brusquement sur quatre pattes pour courir. Ces pattes étaient munies de sabots à pointes allongées aussi flexibles que des doigts. Leur corps maigre inégalement recouvert de longs poils sombres dévoilait une peau grise fripée.

Les fougres avaient une tête de bouquetin avec une barbe broussailleuse éternellement crottée. Zarcofo les affamait longuement pour ensuite les nourrir de déchets poisseux qu'il leur retirait rapidement. Leur gueule dessinait un affreux rictus exprimant une intense cruauté. De grosses cornes recourbées surmontaient leur crâne écrasé. Les pointes affûtées émergeaient, prêtes à s'enfoncer dans un corps pour mettre à mort. Mais ce qui retenait surtout l'attention de celui qui croisait un fougre pour la première fois, c'était les yeux. Deux orbites creuses au fond desquelles roulaient de petits yeux féroces perpétuellement injectés de sang.

— Disparaissez ou je brûle de cette torche tous les poils qui recouvrent vos sales silhouettes ! rugit soudain Zarcofo.

Le sorcier tenait dans sa main droite un sceptre orné de rubis, d'émeraudes et de tourmalines au bout duquel dansait une flamme. Il se leva lentement du coffre qui lui servait de trône et ouvrit la porte de la cage. Fandor n'amorça aucun mouvement pour sortir. La blessure à son flanc suintait encore et une forte fièvre l'affaiblissait trop pour qu'il puisse tenir sur ses pattes.

— Savais-tu, vilaine bête, que pendant que tu te la coules douce dans cette cage, ton double maléfique galope vers le nord avec l'étranger sur son dos ? demanda le sorcier.

Une ombre passa dans le regard de Fandor. Zarcofo sut ainsi que, malgré son état lamentable, son prisonnier l'entendait et comprenait ses paroles.

— Nous allons en profiter pour nous amuser un peu, veux-tu ? demanda-t-il avant de pousser un long ricanement.

Il avait toujours eu un faible pour le feu. D'autres sorciers appréciaient davantage les tortures sanglantes. Zarcofo adorait l'odeur de chair roussie. Le spectacle d'une créature encore vivante se tortillant dans un brasier lui procurait un plaisir tellement vif qu'il voulait sans cesse répéter l'exercice. Il avait prévu brûler le pelage du chien-cheval en laissant cuire très lentement sa chair pour étirer le supplice. Un sixième sens le persuada toutefois de se faire violence. Il valait mieux attendre.

L'animal était beaucoup plus précieux vivant. Le jeune étranger l'adorait. Zarcofo pourrait éventuellement utiliser cette bête comme appât. Et le châtiment qu'il réserverait alors à l'animal serait éminemment plus jouissif si son maître devait assister à la scène. Zarcofo était convaincu du bien-fondé de sa réflexion, mais il avait besoin d'apaiser sa soif de cruauté.

Il ouvrit la cage, força brutalement la bête à sortir, approcha son flambeau de la longue queue touffue et l'alluma. L'animal roula sur le dos en poussant un hurlement déchirant. Cependant, il ne se tordit pas en tous sens comme l'aurait souhaité le sorcier. Fandor semblait résigné à souffrir le plus dignement possible.

Pendant que le poil flambait puis que la queue se consumait, Zarcofo n'eut pas la satisfaction de voir une victime affolée. Il en conçut une haine viscérale pour son prisonnier. Sa magie avait permis que seule la queue de l'animal soit touchée par les flammes. Le feu s'éteignit donc dès que l'appendice fut complètement dévoré par le feu. Le sorcier eut alors un moment d'hésitation, car il avait très envie de prolonger le plaisir. Malgré tout, il parvint à s'arrêter là.

Zarcofo fulminait. Le stoïcisme de sa victime l'avait empêché de jouir pleinement. Il ordonna à un fougre qu'on lui livre deux xélous sur-le-champ.

LA FORÊT DES KROUNIS

Lorsqu'il ouvrit les yeux, Jacob aperçut une large bande de verdure dans l'aube naissante. La forêt des krounis !

Fandor filait à toute allure. Il soufflait bruyamment et la sueur mouillait son pelage. Jacob lui flatta l'encolure pour l'inciter à ralentir un peu, mais l'animal continua d'avancer comme s'il était fouetté par un bourreau invisible. Il fonçait droit vers la barrière d'arbres. Au dernier moment, alors même qu'il se demandait comment freiner sa monture, Jacob aperçut un étroit sentier entre les arbres.

Fandor ralentit enfin lorsqu'ils pénétrèrent dans une vaste forêt où les arbres formaient un couvert très dense. « Une forêt de contes de fées ! » songea Jacob. On aurait dit que la chaumière du Petit Poucet ou la maison de la sorcière d'Hansel et Gretel allait apparaître tout à coup. Le sous-bois était étonnamment silencieux sous les hauts conifères et les grands feuillus.

Jacob en profita pour essayer de se détendre. Un malaise diffus lui nouait l'estomac. Depuis qu'il avait quitté les géants, il se sentait entouré de vibrations mauvaises. Il tenta de mettre un peu d'ordre dans ses idées. Même s'il avait dû accepter un détour, il était bel et bien en route vers le château d'hiver de la reine des fées. Et Fandor l'accompagnait. L'animal connaissait sa route et il pouvait galoper ventre à terre.

Lui-même était muni d'une carte, d'une boussole et de maigres provisions. De l'eau et quelques bulbes... Il fouilla dans une poche, puis dans l'autre. Ses réserves de plantes étaient à sec.

Il n'eut pas le temps de s'en désoler. Des taches de lumière scintillaient parmi les arbres. Fandor quitta le sentier pour se diriger vers elles.

À mesure qu'ils avançaient, les cercles lumineux grandissaient et se paraient de couleurs chatoyantes. Jacob se sentait irrésistiblement attiré par ces lueurs mystérieuses. Elles s'unirent pour dessiner une silhouette de plus en plus définie. Pendant un très bref moment, Jacob crut reconnaître Youriana, mais l'apparition se précisa, révélant une femme plutôt qu'une jeune fille. Jacob sut immédiatement que c'était une fée.

Ses cheveux et ses yeux avaient la couleur d'un sable doré. Les traits de son visage étaient aussi fins qu'harmonieux et ses lèvres dessinaient un sourire charmant. Elle portait une longue tunique vaporeuse d'une couleur indéfinie. « Ce doit être la couleur du vent », songea Jacob, ravi.

Fandor s'arrêta aux pieds de l'apparition.

— Mes sœurs et moi t'offrons notre hospitalité, chevalier Jacob, déclara la belle dame. Ta route est longue et éprouvante. Tu n'as rien mangé depuis trop longtemps. Laisse-nous te nourrir avant que tu repartes vers notre reine.

Le cœur de Jacob battait à tout rompre. Il descendit de sa monture, surpris de constater que ses jambes flageolantes pouvaient encore le supporter. Après les menaces de Gork, la mort du nain, le récit de Liénard, les évocations horrifiantes de Gork, les confidences de Rosie, puis cette longue course folle, la créature devant lui incarnait l'enchantement pur.

— Tu ne réponds pas. Cela signifie-t-il que mon accueil te déplaît? Préférerais-tu qu'une de mes sœurs vienne à ta rencontre?

— Non! Non... balbutia Jacob, confus. Pardonnez-moi. J'étais... un peu égaré. Je... Je serais ravi d'accepter votre proposition.

La fée eut un petit rire cristallin.

— Alors viens, ami Jacob. Suis-moi. Laisse ta monture. Mes sœurs en prendront grand soin.

— Merci, murmura Jacob. Comment... Comment puis-je vous appeler?

— Maririana, répondit la fée.

Elle fit trois pas aériens, se pencha sur une énorme pierre entre deux arbres, y pressa la paume d'une main et compta à haute voix : di, dué, done. Au troisième mot, la pierre roula, dégageant un trou qui s'élargit sous le regard de Jacob.

Il n'eut pas le temps de poser de questions. Maririana disparut rapidement dans l'ouverture. Jacob s'approcha. Il ne voyait rien qu'un trou béant.

— Viens, Jacob ! le pressa Maririana d'une voix déjà lointaine.

Jacob ferma les yeux, inspira profondément et fit un pas au-dessus du vide.

Pendant que son corps glissait vers le fond du tunnel, il eut le sentiment d'avoir commis une grave erreur. Cette impression se dissipa toutefois dès que ses pieds touchèrent le sol tant ce qui s'offrit à sa vue était magnifique.

Il avait atterri dans une salle princière. Les murs et le sol semblaient sertis de pierres précieuses scintillant à la lumière de hauts candélabres. Une musique envoûtante tirée d'instruments inconnus se répandait dans les lieux. Sept fées étaient assises autour d'une longue table recouverte d'une nappe richement brodée et parsemée de pétales de fleurs au parfum délicat. Chaque fée était d'une grande beauté. Maririana resplendissait au bout de la table.

— Assieds-toi, noble chevalier, déclara-t-elle en se levant pour accueillir Jacob. Prends place devant moi afin que j'aie le bonheur de te voir manger.

Jacob s'installa devant un couvert somptueux à l'autre extrémité de la table.

— Je te présente mes six sœurs, reprit Maririana en les désignant de ses bras ouverts. Je ne te révélerai pas leur nom car c'est le mien que j'aimerais que tu retiennes. Mes bons amis les krounis nous serviront ce soir. Que cette soirée te soit parfaitement agréable.

Les krounis surgirent alors de nulle part. On aurait dit des oiseaux-mouches au ventre illuminé. Leur visage avait une apparence presque humaine et leurs pattes étaient pourvues de doigts minuscules. Ils voletaient en petits groupes, chacun portant un plat rempli d'un mets délicieux. Jacob fut pris d'étourdissements. Il était affamé et ces fumets l'enivraient. Lorsqu'un essaim de krounis déposa un poulet rôti devant lui, il crut avoir cinq ans. Sans la présence des fées, il en aurait peut-être pleuré.

Il s'efforça de manger lentement, car il n'avait presque rien avalé depuis trop longtemps et son estomac pourrait avoir du mal à supporter une forte charge d'aliments. Tout était exquis. La peau du poulet croustillait sous ses dents, la chair fondait dans sa bouche. Les côtelettes en sauce étaient subtilement épicées avec un léger goût sucré aussi surprenant qu'agréable.

Une fée lui offrit un petit pain moelleux avec du beurre frais. Une autre l'invita à déguster des pâtes fumantes. Chacun des plats était plus savoureux que le précédent. Jacob fut heureux de constater que son corps acceptait sans difficulté toute cette nourriture.

Maririana se leva pour venir elle-même lui servir un vin doux qui eut pour effet de chasser les derniers relents d'inquiétude. Jacob s'abandonna à une douce euphorie. Les fées autour de lui bavardaient gaiement en s'adressant rarement à lui, si bien qu'il pouvait se consacrer à la dégustation sans paraître malpoli.

Il y eut un moment où un détail, une attitude ou un geste, accrocha son regard, mais il était trop absorbé par les saveurs d'un couscous à la saucisse et aux fruits séchés pour enregistrer l'information. Maririana quitta à nouveau son siège afin de s'assurer qu'il se plaisait toujours parfaitement.

Avant de retourner à sa place, elle laissa glisser ses doigts fins sur la nuque de son invité.

C'est là que Jacob prit conscience d'un fait étrange. Alors même qu'il aurait dû être ému par le geste de Maririana, il avait éprouvé une sorte de répulsion, comme si son corps refusait le contact physique avec cette femme. Son œil magique le bombardait maintenant de messages inquiétants. Jacob n'arrivait pourtant pas à découvrir ce qu'il devait tant craindre.

Une fée remplit son verre de vin sucré. Jacob feignit de boire, mais il déposa sa coupe sans rien avoir avalé. Il continua de manger en prenant le temps de mastiquer et en s'efforçant de sourire pour ne pas susciter la méfiance. Les signaux d'alerte se multipliaient en lui. Plus rien n'allait.

Il promena son regard d'une fée à l'autre. Elles étaient exceptionnellement belles. Leurs gestes étaient élégants, leur sourire divin. « Je suis nul, se reprocha Jacob. La peur du danger me rend idiot. » Il allait reprendre du couscous lorsque le détail qu'il avait ignoré plus tôt capta son attention. Pendant un bref moment, alors qu'elle ne se savait pas épiée, Maririana lui apparut tout à fait autrement. Ses traits étaient durs, son regard presque cruel.

Une folle panique étreignit Jacob.

— Chevalier Jacob... Chevalier Jacob...

Maririana s'adressait à lui. Sa voix était infiniment tendre, ses yeux de velours.

— Vous êtes pâle, dit-elle. La fatigue vous gagne. Acceptez que nos petits serviteurs vous servent un thé bien fort avant de repartir.

«C'est le vin, tenta de se convaincre Jacob. Je n'ai pas l'habitude. Le vin brouille mes idées et dérange mes perceptions.»

Il parvint à sourire à la merveilleuse dame à l'autre bout de la table.

— Du thé... Oui. Merci... balbutia-t-il.

Les fées autour de lui eurent un petit rire charmant. Elles s'amusaient gentiment de l'embarras de leur invité. Jacob soupira. Tout allait bien. Il devait absolument se détendre. Il fit un effort pour profiter de la musique et posa son regard sur les flammes dansantes du candélabre.

Le sentiment d'alerte se manifesta à nouveau, plus puissant, plus insistant encore. Jacob comprit enfin que ce qu'il éprouvait n'avait rien à voir avec le vin ou la fatigue. Il courait un grave danger. Une voix s'élevait en lui. Il l'entendait clairement désormais. Elle le pressait de réagir promptement pour éviter le pire.

La terreur s'empara de Jacob. Les fées le remarquèrent aussitôt. Elles comprirent que leur charme n'opérait plus. Leur invité avait peur d'elles.

Maririana leva l'index. Les six autres fées se turent. Jacob eut envie de hurler. Un désastre était imminent.

Un essaim de krounis s'approcha. D'autres le rejoignirent. Et d'autres encore. Leurs ailes vrombissaient au-dessus de Jacob en créant un vacarme affolant.

« Ils vont m'attaquer », se répétait Jacob en fixant avec effroi le nuage d'insectes.

Il aurait voulu fuir, mais les sept femmes l'encerclaient. Il n'y avait pas d'issue.

LE BANQUET DES SORCIÈRES

Jacob déploya des efforts colossaux pour paraître calme. Les cris qu'il retenait menaçaient d'exploser dans sa gorge à tout moment et même s'il restait immobile, de violentes secousses l'ébranlaient secrètement.

Au cours des longues heures d'entraînement, Léonie lui avait appris qu'il pouvait presque toujours aller plus loin ou avancer plus vite qu'il ne l'imaginait. Souvent, il s'était cru incapable de faire un pas de plus et pourtant, au dernier moment, il s'était découvert des ressources cachées.

Il fouilla donc au fond de lui pour réveiller les dernières réserves de volonté et d'énergie qui y sommeillaient encore. De loin, il entendit la voix mélodieuse de Rosie. « Où que tu sois, des forces supérieures te nourrissent et t'assistent, ami Jacob, lui chuchotait la petite géante. Crois dur comme pierre en ta mission, aie une foi éclatante en toi et une foi aussi ardente en ces puissances que tu devines à peine. »

Jacob s'accrocha à ces paroles comme à une bouée. Les sept femmes autour de lui perdirent leur sourire et les traits de leur visage durcirent. L'une d'elles émit un ricanement sinistre. Une autre posa sur lui un regard mauvais.

Jacob comprit qu'il avait amorcé un dangereux combat. Les forces maléfiques se déployaient librement désormais.

Pour échapper à ces influences, il ferma les yeux et se remémora les heures à contempler l'immensément grand et l'infiniment petit. Dans sa tête, il dessina un ciel bleu pervenche encore barbouillé d'aurore, puis une vaste prairie herbeuse délicieusement odorante, agitée par un vent caressant, et enfin une minuscule fourmi tirant héroïquement une charge plus lourde qu'elle et y parvenant.

Un son aigu faisant penser à un cri de guerre le força à ouvrir les yeux. Il fut alors témoin d'un spectacle monstrueux. Les fées se métamorphosaient devant lui. Leur visage fondait. Sous les masques d'une beauté inouïe se cachaient des créatures hideuses. Tous leurs traits trahissaient à présent une nature maléfique. La méchanceté déformait leur visage disgracieux. Elles avaient un regard haineux, une bouche cruelle. Lorsque la transformation fut complète, Jacob comprit qu'il s'était laissé berner. Il venait de partager un repas avec sept sorcières.

Jacob se souvint d'un passage de l'encyclopédie de son parrain. On y décrivait un banquet sordide où des sorcières nourrissaient leur invité de mets somptueux pendant qu'elles dévoraient son âme. À la fin du repas, le convive n'était plus qu'un vulgaire pantin, un corps sans âme ni volonté, dont les sorcières s'amusaient.

Jacob conçut que ses hôtesses avaient déjà entrepris leur sinistre besogne. Pendant qu'il se goinfrait, elles avaient commencé à le vider de ses forces vitales. Elles avaient procédé lentement, presque délicatement, pour ne pas éveiller ses soupçons. Mais depuis qu'elles étaient démasquées, elles opéraient brutalement, sans souci de dissimulation.

Jacob découvrit qu'il pouvait les sentir agir. C'était atroce. Elles s'étaient immiscées dans son corps et le grugeaient. « Des corbeaux, songea-t-il avec stupeur. Des rapaces qui ne prennent même pas la peine d'abattre leur proie. Elles veulent me dévorer vivant. »

Il faillit rendre les armes, accablé de douleur, de dégoût et de désespoir. La voix de Rosie n'était plus qu'un murmure. « Élève ton esprit, ami Jacob, murmurait-elle maintenant. Ouvre tes ailes. » Les derniers mots finirent par se frayer un chemin jusqu'à lui et d'autres s'y greffèrent.

— Simon-Pierre ! s'exclama-t-il soudain.

Surprises par le cri de Jacob, les sorcières répliquèrent en dépêchant des krounis. Un groupe se détacha de l'essaim vrombissant. Les vilaines petites choses attaquèrent, piquant la peau de Jacob de leur minuscule dard pointu.

Jacob réagit à peine. Son esprit était ailleurs. Les paroles de Simon-Pierre se mêlaient aux mots de Rosie pour créer un chant nouveau qui enterrait tout : *Tu ne dois pas ramper/ Cherche l'air et le ciel/Élève ton esprit/Ouvre tes ailes.*

Jacob commença à répéter ces phrases comme si c'était une formule magique. Au début, sa voix n'était qu'un murmure. Elle s'affirma peu à peu, emplissant l'espace. Jacob ne voyait plus les sorcières, il ne sentait plus les krounis.

Une présence nouvelle le fit sursauter. Fandor venait d'apparaître à ses côtés. Il grattait son pantalon d'une patte pour l'inciter à le suivre. Jacob amorça un geste afin de caresser la tête du chien-cheval, mais son bras resta en suspens. Le regard de l'animal le trahissait. Fandor avait de grands yeux d'un brun liquide qui exprimaient toute la bonté du monde. Cette bête avait des yeux de fauve.

La distraction provoquée par l'arrivée de Fandor avait permis aux sorcières de réaffirmer leur prise. Tant que Jacob luttait, tant qu'il cherchait à s'élever, leurs pouvoirs étaient diminués. Jacob se leva. Il avait saisi l'enjeu et il n'avait plus peur. Une saine colère l'animait. Son regard foudroya les sept sorcières. Comment ces horribles créatures pouvaient-elles oser lui arracher des forces si durement acquises et mettre en péril sa mission ? Jamais il ne laisserait ces sorcières l'empêcher de sauver Youriana.

La rage montait en lui telle une lave bouillonnante et bientôt il ne parvint plus à contenir l'éruption. Il tira violemment sur la nappe devant lui, renversant tout ce qui était disposé sur la table. Le candélabre tomba et la nappe prit feu.

Maririana lança une formule magique incompréhensible. Les autres sorcières se joignirent à elles, scandant les mêmes paroles fiévreusement. Jacob répliqua avec sa propre incantation, affirmant sa foi en lui-même et en ces puissances supérieures qui allumaient le soleil, libéraient le vent, faisaient tomber la pluie et permettaient aux arbres et à l'herbe de pousser vers le ciel.

Le combat dura longtemps. Tout ce qui pouvait prendre feu dans la caverne des sorcières flamba. Plus d'une fois, Jacob sentit les flammes le lécher et il eut peur de se transformer en torche vivante. Néanmoins, quelqu'un ou quelque chose le protégeait.

Une première sorcière rendit les armes, épuisée. Elle fondit telle une statue de cire sous le regard horrifié de Jacob. Les krounis disparurent ensuite, comme par enchantement. Puis, le chien-cheval que Jacob avait pris pour Fandor fut dévoré par les flammes, répandant une odeur épouvantable.

Les six sorcières continuèrent de réciter les mêmes incantations avec encore plus d'ardeur. Jacob y opposait ses propres exhortations en y mettant toute sa ferveur. Et lorsqu'il lui semblait que les sorcières enterraient ses prières, il se recueillait un moment afin que d'un royaume invisible s'élèvent les voix de Rosie et de Simon-Pierre avec la sienne.

À la fin, il ne resta plus qu'une sorcière. Maririana. La plus forte, la plus hideuse. Elle surprit Jacob avec une requête troublante.

— Tue-moi, jeune étranger. Tu as gagné. C'est toi le plus fort. La princesse Youriana est chanceuse que tu sois l'Élu. Tu as détruit mon refuge et fait mourir mes sœurs. Épargne-moi de disparaître en ne laissant derrière moi qu'un petit tas de graisse et de poussière d'os.

— Que me demandes-tu? s'enquit Jacob, ébranlé.

— Tue-moi d'une belle manière, poursuivit Maririana en faisait apparaître une épée dont la longue lame brillait à la lueur des dernières flammes.

Jacob s'empara de l'arme. Il était prêt à tout pour que s'achève cet interminable combat. L'épée était extraordinairement légère et sa main épousait parfaitement la poignée. On aurait dit que l'arme lui était destinée.

Une curieuse excitation s'empara de Jacob. Cette épée le rendait puissant. Il le sentait. C'était rassurant. Il n'avait eu jusque-là que sa volonté, son ardeur et sa foi pour répliquer aux sorcières. Voilà qu'il disposait soudain d'une arme capable de transpercer un corps.

— Oui. Tu as raison, chuchota Maririana d'une voix ensorcelante. Cette épée est destinée à t'appartenir. Tu en auras besoin pour accomplir ta quête. Comment un chevalier peut-il lutter sans épée?

Jacob leva le bras. Il allait plonger son épée dans la poitrine de Maririana lorsque la voix de Rosie s'éleva dans la caverne. La petite géante lui rappelait la loi des siens interdisant toute violence.

Maririana sursauta en entendant l'épée tomber sur le sol.

— Ignoble chose, cracha-t-elle. J'ai failli t'avoir... J'aurais gagné. En abattant l'épée sur moi, c'est toi qui serais mort...

La peau de son visage se liquéfia, ses traits fondirent. Les flammes léchèrent sa tunique qui n'avait plus la couleur du vent. Ses longs doigts s'étirèrent et tombèrent comme des glaçons au soleil du printemps.

Jacob s'écroula sur le sol, épuisé.

UNE POIGNÉE D'ÉTOILES

Zarcofo comprit enfin, mais il était trop tard. Il ne pouvait défaire ce qu'il avait accompli. Après son règne, Agalaé s'était donc métamorphosée en rouf pour finir ses jours parmi eux. Lorsqu'il l'avait attrapée et emprisonnée, elle était parfaitement consciente de ce qui l'attendait. Il s'était cru rusé, c'est elle qui l'avait trompé. Elle savait que le sorcier Zarcofo s'apprêtait à bouleverser à jamais l'équilibre des forces dans le royaume caché. Et elle était prête à payer le prix.

Jusqu'à la fin, elle s'était tue. Zarcofo voulait savoir ce que le jeune humain était venu chercher au royaume caché. Et comment ce vulgaire étranger parvenait-il à lui échapper? Qui le protégeait et pourquoi? Que convoitait-il vraiment? Que représentait la princesse à ses yeux? La vieille possédait toutes ces réponses. Il l'avait lu dans le nuage de fumée d'un feu de buisson d'épilobe destiné aux révélations. Pourtant, même soumise aux pires tortures, elle n'avait rien révélé. Zarcofo s'était évertué à la maintenir en vie pour étirer son supplice. Aucune de ses victimes n'avait jamais tenu si longtemps. La vieille avait tout enduré sans fléchir. Ses rares plaintes étaient reprises en écho par le chien-cheval prisonnier tout près. À croire qu'ils se connaissaient.

À plusieurs reprises, Zarcofo crut que sa victime avait trépassé, vaincue par la douleur. Et puis soudain, elle remuait encore. Alors il approchait les flammes de son corps ravagé. Zarcofo avait deviné que les fées la protégeaient et il n'en avait pas été surpris. Le feu la faisait horriblement souffrir, sa chair rougissait, plissait et se boursouflait, mais elle ne se consumait pas. Il n'y avait qu'une explication : les fées en avaient décidé ainsi. À la fin, la vieille n'était plus qu'un petit paquet de souffrance aux pieds du sorcier.

Zarcofo sut tout à coup que c'était fini. La vieille rouf ne bougerait ni ne gémirait plus jamais. Et tout à coup, sans que rien ne l'allume, son corps s'embrasa. Elle parut alors s'illuminer de l'intérieur, non pas comme si des flammes la dévoraient, mais comme si elle avait avalé une poignée d'étoiles qui continuaient de briller en elle.

Peu à peu, le corps s'éteignit, mais jamais tout à fait. Elle restait là, inerte, sans vie, avec une lueur bleue au creux de l'âme. Un frisson d'épouvante courut dans le dos du sorcier. Il n'avait pas simplement osé s'attaquer directement à une fée. Il venait de recueillir les dernières lueurs d'une fée qui avait régné. Une fée qui deviendrait bientôt étoile.

À l'instar de toutes les créatures grandes et petites, bonnes et mauvaises, de tout le royaume caché, Zarcofo savait qu'Agalaé et sa fille Lauriane s'étaient juré d'accomplir tout ce qui était en leur pouvoir pour permettre à Youriana d'accéder au trône et d'y rester longtemps. Bien qu'elles soient allées loin, lui-même, sans le savoir, avait peut-être osé davantage. La colère de Tar, créateur du royaume et protecteur des fées, allait être terrible.

LE SOUFFLE DU GÉANT

L'eau réveilla Jacob. Il était assis sur le sol inondé de la caverne des sorcières. Une pluie diluvienne fouettait les arbres de la forêt des krounis. L'eau s'engouffrait par l'ouverture menant à la caverne, si bien que l'accumulation était déjà importante.

Jacob se mit debout. L'eau atteignait ses mollets. Il ne s'en alarma point. Rien ne l'alarmait. Les sorcières avaient eu le temps de lui ravir suffisamment de force pour que son cerveau et ses sens baignent dans une étrange hébétude.

Il se souvint vaguement du récit de Rosie devant l'assemblée de géants. Elle avait raconté comment les rares colères de Tar déferlaient parfois sur le royaume caché, déviant des cours d'eau et sculptant de nouveaux paysages. Quelqu'un ou quelque chose avait soulevé la colère de Tar, ébranlant le royaume jusque dans ses entrailles.

L'eau montait rapidement. Jacob pataugeait maintenant dans la boue en cherchant vainement une issue. Il n'existait pas d'autre accès que ce trou dans lequel il avait sauté, sans doute aidé par un sortilège. Le plafond de la caverne était beaucoup trop haut pour qu'il puisse atteindre l'ouverture.

Jacob songea que si l'eau continuait de monter, il pourrait peut-être flotter dans cette bouillie semée de détritus jusqu'à ce que le niveau d'eau soit assez élevé pour qu'il accède au trou. Sinon? Rien. Il crèverait, c'est tout. Ce dénouement ne lui parut pas si dramatique. Il était trop épuisé pour vouloir mourir et trop épuisé aussi pour craindre la mort. Il n'arrivait à souhaiter rien d'autre qu'être au sec. Et dormir.

L'eau atteignit sa taille, puis son torse. Il dut bientôt se hisser sur la pointe des pieds pour garder la tête hors de cette eau boueuse. Il se résolut alors à agiter bras et jambes pour ne pas être submergé.

L'exercice s'avéra rapidement épuisant. Jacob surmonta sa répugnance et fit la planche pour se reposer un peu. De grosses gouttes de vase lui martelèrent le visage. Puis, une volée de projectiles s'abattit sur lui. Le plafond se désagrégeait. Jacob comprit qu'il ne survivrait peut-être pas longtemps. Il était prisonnier d'une caverne en démolition. Le plafond allait s'effondrer sur lui.

Il dirigea mollement ses pensées vers Youriana, sans parvenir à imaginer sa silhouette et l'évocation de son nom ne soulevait rien de troublant en lui. Il tenta de se concentrer sur l'urgence de sa mission, mais en vain. Il n'éprouvait rien. Il tâta le tissu de la poche de son pantalon et sentit la carte sous ses doigts. Le papier résistait miraculeusement à l'eau. Sa main reconnut aussi la montre-boussole. Deux petits trésors. Le premier issu du royaume caché, le second de cet autre monde dans lequel il avait grandi.

Une galette d'argile se détacha du plafond et toucha l'eau tout près de lui, l'arrachant à ses réflexions. Une autre tomba presque aussitôt, plus lourde encore selon les éclaboussures.

Puis Jacob sentit un bloc dur heurter sa tête. Il s'enfonça un peu, avala une gorgée dégoûtante, remonta à la surface et cracha. Il fut alors heurté de plein fouet par un bloc énorme.

Le choc fut tel qu'il faillit perdre conscience. Il lutta un peu pour rester éveillé, mais sa propre volonté vacillait. Rien ne lui paraissait clair, rien ne lui semblait vraiment important. Une voix intérieure le pressait de rester en vie, mais elle lui parvenait de loin et les mots se perdaient dans le vide.

Un large pan de plafond explosa. Des éclats d'argile apparurent à la surface de l'eau, flottant tels de sombres icebergs. Jacob assistait au spectacle avec l'impression d'y être étranger, surpris de se savoir encore vivant, lorsqu'il fut subitement arraché par un levier puissant. Il émergea ainsi de la caverne en ruine sans comprendre ce qui lui arrivait.

Pendant un bref instant, il put observer l'orage de fin du monde qui sévissait toujours. Puis des parois se refermèrent sur lui et il disparut dans un nouvel antre. Les murs le pressaient et il avait du mal à respirer. Il se débattit du mieux qu'il put, son corps réclamant plus d'oxygène.

L'étau se desserra. Jacob prit une grande goulée d'air. Il vit un bout de ciel et, à travers le brouillard de pluie, il reconnut la tête de Liénard. Il crut d'abord que c'était un rêve, puis laissa une petite joie l'atteindre tout en se répétant qu'il avait visité des sphères trop monstrueuses pour espérer entrevoir encore la lumière.

Le géant courait en tenant Jacob dans sa main sans trop serrer le poing. Jacob respirait mieux, mais son corps était malmené à chaque pas. Il glissa malgré tout dans un état comateux sans se soucier de l'endroit où il était et de ce qui se passait. Liénard poursuivit sa course endiablée. À quelques reprises, Jacob surgit momentanément de l'espace trouble dans lequel il flottait. Il sut aussitôt, à l'odeur des conifères, qu'ils n'avaient pas fini de traverser l'épaisse forêt des krounis. Le ciel était toujours déchaîné. La fureur de Tar ne tarissait point.

Le paysage changea. La lumière n'était plus filtrée par un couvert d'arbres. Liénard s'arrêta enfin. La pluie avait diminué. Jacob aperçut, au loin, les hauts sommets des montagnes de Tar.

Le géant approcha Jacob de son visage.

— C'est ici que s'arrête ma route avec toi, ami Jacob, annonça-t-il.

— Non... protesta Jacob.

La vue des montagnes l'avait arraché à sa léthargie. Le détour par la forêt les avait menés à un nouveau point d'observation plus à l'ouest, d'où la barrière de hauts sommets semblait encore plus infranchissable.

— Reste, Liénard, supplia Jacob. Ne m'abandonne pas ! Je... Je ne veux plus continuer.

Il avait envie de pleurer comme un gamin. Un sourire tendre se dessina sur les lèvres du géant.

— Tu le veux toujours, jeune étranger, seulement, tu ne t'en souviens plus. Je sais ce qui t'est arrivé. Tu es sorti vivant d'un banquet de sorcières. Que ton corps bouge et que tu respires encore tiennent déjà de l'exploit. Tu as été courageux. Sache toutefois que les fées étaient avec toi et que, sans elles, les sorcières t'auraient vidé de toute substance. Elles t'ont rendu faible et fragile. Tu ne peux plus réfléchir sainement.

— Alors aide-moi à trouver un abri et laisse-moi dormir jusqu'à ce que mon corps soit remis et que j'aie retrouvé mes facultés.

— C'est impossible, déclara fermement Liénard. Écoute-moi bien, ami Jacob. Le sorcier Zarcofo a commis un crime impardonnable. Une fée qui fut jadis souveraine s'est éteinte à ses pieds sous la torture. La rumeur a déjà parcouru le royaume. Les nains, les lutins, les elfes et les gnomes sont fous de rage. Ils réclament vengeance et sont prêts à tout pour parvenir à leurs fins. Tous savent que Zarcofo n'avait pas compris à qui il s'attaquait, mais rien de cela ne compte. La fureur des petits peuples est effrayante.

« Il faut que tu saches que jamais, dans toute l'histoire du royaume caché, un sorcier n'avait osé commettre pareille offense. Zarcofo avait pour plan d'affaiblir les puissances féeriques pour régner. Depuis que Youriana sommeille, à chaque nouveau soleil, il étend son ombre. La reine est désormais atteinte.

« Malgré tout, si Zarcofo avait su que sa victime était une fée et de si haute lignée, il ne l'aurait pas torturée. Les sorciers consacrent toute leur énergie à combattre les fées, mais même eux savent que certains gestes sont sacrilèges. Si tu veux mon avis, la fée s'est laissé éteindre parce qu'elle obéissait à un dessein supérieur. »

Jacob dodelina de la tête. Il avait du mal à suivre le discours de Liénard. Toutes ces histoires de sorciers et de fées lui paraissaient terriblement lointaines. Ses membres devenaient engourdis, sa gorge sèche. Il reconnut les signes. Il glissait doucement vers l'autre monde. Il se souvenait maintenant d'avoir déjà éprouvé la même sensation de légèreté. Bientôt, il aurait l'impression de se dissoudre...

Son œil magique l'alerta. Il fit un effort pour se ressaisir.

— Aide-moi, Liénard! murmura-t-il. Aide-moi, sinon je vais partir...

Liénard saisit immédiatement ce qui était en train de se produire. Jacob allait retourner dans son monde. Les forces d'enchantement en lui étaient taries.

— Dis-moi, ami Jacob. Veux-tu rester ou souhaites-tu repartir? demanda le géant d'une voix grave.

La question affola Jacob. À cet instant même, ce qu'il souhaitait n'avait rien à voir avec l'Élu. Il aurait voulu rentrer chez lui, au 673 de la rue Rousseau, à Westville, s'enfermer dans sa chambre et vivre la vie d'un adolescent normal avec des préoccupations et des soucis semblables à ceux de tous les adolescents.

Mais, en même temps, son œil magique et toutes les voix secrètes en lui et autour de lui le réclamaient ici. Elles lui disaient de tenir bon, de tenter l'impossible pour ne pas disparaître à nouveau dans l'autre monde.

— Aide-moi à rester, Liénard... Si tu peux... Si tu sais comment... bredouilla Jacob.

Liénard ferma les yeux. Il tenait son jeune protégé dans sa large main, si près de son visage que Jacob pouvait voir les poils de son nez frémir et le sang battre dans les veines de son cou.

— N'aie pas peur, petit homme. Accroche-toi ! Si les fées veulent bien m'assister, je vais tenter de répandre en toi un peu de mes forces.

Le géant mit ses mains en coupe et ouvrit sa large bouche. Un souffle ardent atteignit Jacob. C'était bon. Le souffle du géant charriait tous les printemps du monde. Il rappelait à Jacob que des puissances mystérieuses l'accompagnaient. Et que ce qu'il ne parviendrait pas à accomplir seul, il l'accomplirait avec d'autres. Jacob inspira profondément pour mieux recueillir le souffle du géant.

— Écoute-moi maintenant, car le temps presse, commença Liénard. Si tu acceptes de rester, il faut que tu saches. M'entends-tu ?

— Je t'écoute, répondit Jacob.

— L'équilibre du royaume est chamboulé, reprit le géant. Les petits peuples n'ont plus le désir de batailler entre eux pour des affaires stupides ainsi qu'ils le faisaient trop souvent depuis que la princesse Youriana est disparue et que la reine Lauriane s'est réfugiée dans son château d'hiver. Les nains, les lutins, les elfes, les roufs, les gnomes et avec eux tous les petits êtres qui ne sont pas sous l'emprise du sorcier délaissent enfin leurs différends pour s'attacher à une même cause. Ils veulent former une armée et unir leurs pouvoirs afin de lutter contre Zarcofo.

« Ils sont bouillants d'énergie et se croient bêtement invincibles. Ils devraient savoir que la mort de cette fée de haute lignée a également fouetté la sauvagerie des complices de Zarcofo. Ils font penser à de grands fauves excités par le sang frais. Ils jubilent, ils sont déchaînés. Ils ne savent pas combien la révolte des petits peuples peut être ravageuse. Zarcofo le sait, lui, mais il est ravi de découvrir ses troupes aussi alertes.

« Les généraux de Zarcofo sont remplis de ruse et redoutablement organisés. Leur cible est claire : c'est toi qu'ils veulent. Ils t'imaginent responsable de tout. Leur cœur est plus noir encore que tu ne crois, ils ont fait le plein de pouvoirs maléfiques et ils maîtrisent mieux que les petits peuples l'art de piéger leurs ennemis. Les généraux ont des talents pour rendre leurs guerriers plus sauvages. Ils se réjouissent à l'idée d'éliminer enfin tous les petits peuples et ils ont très hâte de te capturer, Jacob.

« Tu dois te sauver. Mon intervention auprès de toi est magique. Rosie ne sait pas que je suis ici. Outre les fées qui me guident, aucun être qui respire sous le soleil du royaume caché ne sait que je suis ici avec toi. Personne n'a pu me voir courir depuis la caverne des sorcières jusqu'au pic de Tar, qui est droit devant nous, car les fées m'ont rendu invisible. »

— Et pourtant je te vois, objecta Jacob.

— Tu me vois parce que les fées l'ont décidé. Elles veillent sur toi et t'assistent parce que l'avenir du royaume caché repose entre tes mains. Tu dois absolument tenir bon en attendant de retrouver tes forces vitales.

— Et comment vais-je les retrouver ? demanda Jacob d'une voix remplie d'espoir.

Liénard s'éclaircit la gorge.

— Les fées ne m'ont pas éclairé sur ce point, admit le géant. Et la magie qui me rend invisible ne m'autorise pas à t'accompagner plus loin. Je dois retourner au cratère des géants avant que ne cesse l'enchantement. Sinon, ta vie sera encore plus en péril. Zarcofo doit imaginer que tu as péri dans la caverne des sorcières. Ses généraux mettront peu de temps à découvrir que c'est une fausseté. Toutefois, ils ne soupçonneront pas mon intervention. Ils te chercheront plus près de la forêt des krounis. Le temps qu'ils élargissent leur recherche, tu seras déjà loin derrière les premiers sommets des montagnes de Tar.

Jacob eut un rire ironique.

— Regarde-moi, Liénard. Ton souffle m'empêche pour l'instant de basculer dans l'autre monde, mais je suis incapable d'accomplir des exploits. Mes jambes me supportent à peine. Mon cœur oublie parfois de battre. Mes paupières sont terriblement lourdes et mes idées se brouillent à rien. Indique-moi un chemin facile et j'essaierai de mettre un pas devant l'autre. Mais ne me demande pas d'escalader des montagnes.

— On ne choisit pas toujours son chemin, ami Jacob. Et les montagnes semblent souvent plus terrifiantes qu'elles ne le sont. Je dois te quitter. Bon courage, petit étranger.

Liénard déposa son jeune protégé sur le sol. Jacob garda son regard fixé sur les sommets devant lui. Il n'avait pas le courage de se retourner pour voir le bon géant disparaître.

LE PROJET DE LAURIANE

Elles arrivèrent une à une. Celles qui évoluaient dans un corps emprunté avaient repris leur silhouette de fée. Lauriane les avait convoquées, mais elles seraient toutes accourues sans même être appelées.

Filavie fut la dernière à franchir la porte du château d'hiver de la reine des fées. Ses tempes étaient moites et son cœur battait trop ardemment. Elle demanda à l'elfe des bois qui l'accueillit de lui accorder un moment pour retrouver tous ses sens avant de rejoindre ses aînées. Après Youriana, Filavie était la plus jeune des fées. L'annonce de ce qui était arrivé à Agalaé l'avait chavirée à un point tel qu'elle s'était égarée en route.

Lauriane était alitée. Les fées n'en étaient guère surprises. La bataille qu'elle menait lui réclamait toute sa puissance et toutes ses facultés d'enchantement. Elles étaient douze autour de la reine. La treizième, Youriana, reposait sur un petit lit dans une chambre aux murs pâles, loin du royaume auquel elle appartenait. La quatorzième gisait tout près dans une pièce attenante aux appartements de la reine. Les draps de son lit étaient parsemés de pétales de fleurs de yacoub et de jiades blanches aux effluves exquis. Son corps, recouvert d'un drap de lin brodé par les elfes, gardait le souvenir des sévices infligés par Zarcofo.

Deux elfes des forêts veillaient Agalaé. Aucune autre présence n'était autorisée. Lauriane avait rappelé à tous et à toutes qu'une fée qui vient de s'éteindre doit reposer dans une paix absolue afin de quitter son corps pour aller se mêler aux étoiles. Rosie, la petite géante cousine des fées, avait été chargée de ramener le corps d'Agalaé au château d'hiver pendant que Liénard, son père, accomplissait une tâche secrète d'une extrême importance.

Lauriane était étendue sur une simple couche de feuilles et d'herbes. Elle pouvait voir les autres fées, mais un charme lui permettait de ne pas être vue d'elles. Ces dernières, pressées autour de sa couche, entendaient sa voix et ressentaient sa présence alors même qu'elle restait invisible à leurs yeux. La reine des fées avait choisi de vivre dans la solitude du plus grand isolement pour mieux se consacrer à sa tâche : repousser la Grande Obscurité en attendant que Youriana lui succède.

— Merci d'être venues, commença Lauriane d'une voix grave et pourtant mélodieuse. Votre cœur est gonflé de tristesse et le mien aussi. Cependant, ma mère souhaiterait que nous repoussions notre chagrin afin de rassembler nos forces dans un même projet.

De son regard mauve, Lauriane scruta les fées rassemblées autour d'elle.

— Nielsia, ma belle et douce amie, tu ne sembles pas d'accord. Exprime-toi, je t'en prie, pour le bien de tous et de toutes.

Les joues de Nielsia s'empourprèrent. Elle avait oublié que Lauriane savait, d'un simple coup d'œil, sonder l'âme de chacune d'elles.

— Je ne pouvais m'empêcher d'espérer qu'un rituel cérémonial nous aide à traverser ce moment et nous permette de saluer le départ d'Agalaé. Elle fut notre souveraine et restera adorée de tous et de toutes sous tous les soleils.

— J'en conviens, Nielsia, et tu n'as pas à rougir de nous le rappeler, mais toi qui veilles sur les eaux du royaume, songe à ce qui nous guette. Les guerriers de Zarcofo ont faim de chair, soif de sang et ils sont animés par un puissant désir de destruction. La Grande Obscurité nous guette. Agalaé souhaite que nous résistions en attendant le retour de Youriana. Les écrits de Mérival sont parfaitement clairs : les fées doivent empêcher Zarcofo d'éteindre non seulement une fée, mais tout le royaume caché.

— Que devons-nous tenter alors? demanda Filavie d'une voix pressante.

— Je ne vous ai pas réunies pour pleurer, bien que je sache que nous en serions toutes immensément soulagées. Je vous ai réclamées autour de moi afin que nous honorions ensemble Agalaé de la plus belle manière, dans une communion dont seraient jaloux les géants.

Lauriane s'amusa un instant du regard perplexe des gracieuses dames réunies.

— Si vous acceptez ma proposition, nous allons rassembler nos pouvoirs d'enchantement pour provoquer une traversée prodigieuse.

— Ramener Youriana! s'exclama Suëllini.

— Tu as raison, fée des forêts. C'est mon plan. Mais pour un temps bref et fini. Nous ne devons pas tenter de défaire les écrits. Seul l'Élu peut nous ramener la princesse des fées.

— Alors... pourquoi? s'enquit une fée. Pourquoi devrions-nous déployer autant d'énergie sans même savoir si nous réussirons, si ce n'est que pour une si courte durée?

— Parce que l'Élu a besoin d'elle, répondit la reine d'une voix qui trahissait sa peur. Même avec beaucoup de courage et toute sa volonté, il ne pourra poursuivre sa quête s'il n'est pas réenchanté. Les sorcières ont grugé le jeune Élu jusqu'à l'âme. Il avance tel un aveugle avec un vague souvenir de Youriana. S'il continue, il va glisser malgré lui vers son monde, comme la dernière fois. Alors, si jamais il revient, ce sera trop tard. Zarcofo aura acquis trop de puissance.

— Ce que vous nous proposez a-t-il déjà été accompli sous un autre règne? demanda Anise, fée des espèces ailées.

Toutes les fées entendirent le soupir de Lauriane.

— Non, jamais... admit-elle.

LE PIC DE TAR

Jacob fouillait dans sa mémoire à la recherche de notions de géographie. Il se souvenait de l'expression « chaîne de montagnes » pour décrire une bande constituée de plusieurs sommets. Les montagnes de Tar n'évoquaient pas une chaîne mais un véritable océan. Une mer de hauts sommets vertigineux dont les crêtes enneigées rappelaient l'écume mousseuse des vagues. Les pics s'étalaient à perte de vue. Aux yeux de Jacob, un seul mot décrivait cette barrière : infranchissable.

Il s'était cru au pied des montagnes et, pourtant, il n'en finissait plus de marcher vers elles. Un soleil de nuit étonnamment lumineux guidait ses pas. Sans lui, Jacob aurait eu du mal à progresser, car le sol était couvert de blocs rocheux instables. Il gardait les yeux fixés sur ces pierres afin de choisir où il poserait les pieds. Il avança longtemps en se concentrant totalement sur ses pas et perdit souvent l'équilibre lorsqu'un bloc se dérobait sous son pied. Il tomba plusieurs fois, récoltant ecchymoses et écorchures, jusqu'à ce qu'un mur s'élève devant lui.

Il venait d'atteindre la base du pic de Tar, une gigantesque montagne dont la cime se perdait dans les nuages. D'autres monts s'agglutinaient tout autour, aussi sombres et à peine moins imposants. Jacob étudia la paroi rocheuse, fasciné. Plus encore que dans le cratère où il avait rencontré Liénard et Rosie, il se sentait ridiculement petit dans un pays de géants.

Au cours de l'été précédent, peu après le suicide de Simon-Pierre, il avait accompagné son ami Éloi et ses parents à leur maison de campagne, où ils étaient restés une semaine. Les parents d'Éloi les avaient conduits dans un centre de villégiature où ils avaient été initiés à l'escalade sur une paroi artificielle extérieure. Le pauvre Éloi avait découvert qu'il souffrait horriblement de vertige. À deux mètres du sol, ses mains devenaient moites et ses jambes étaient secouées de tremblements incontrôlables.

Éloi avait abandonné au bout de quelques minutes, alors que Jacob avait apprécié l'expérience. Un nœud se formait dans sa gorge lorsqu'il jetait un coup d'œil vers le sol, mais il parvenait à surmonter son malaise. L'instructeur d'escalade l'avait encouragé :

— Tu as le physique d'un alpiniste : mince et souple, avec une bonne force musculaire. C'est la recette idéale pour fabriquer un grimpeur.

Malheureusement, Jacob n'avait plus eu l'occasion de pratiquer l'escalade. Il n'y avait pas de rocher-école à Westville et les parents d'Éloi avaient vendu leur maison de campagne à la fin de l'été.

Jacob s'entendit rire. Un petit rire pathétique. Entre le rocher-école de douze mètres de haut avec des prises judicieusement plantées aux bons endroits et un système de protection très sécuritaire avec corde, pitons et mousquetons et ce mur de roche noire effroyablement lisse devant lui, il n'y avait pas de comparaison possible. Dès qu'il aurait progressé de quelques mètres, la moindre maladresse occasionnerait une chute mortelle.

Il décida de longer le mur. Au bout d'une cinquantaine de pas, un détail attira son attention. Il recula pour mieux observer la paroi et crut distinguer une faille dans le roc. À une trentaine de mètres au-dessus de lui, le mur semblait s'ouvrir sur une fissure plus haute que large.

Depuis son poste d'observation, Jacob ne pouvait savoir ce que révélait l'ouverture. Abîme ou passage? Il contempla la forêt derrière lui, puis la montagne devant. Un élan mystérieux le poussait vers cette faille, comme si cet espace était rempli de promesses. Il savait pourtant que l'entreprise était insensée. Pour atteindre cette hauteur, il devait escalader, sans aucune protection, un mur de roc effroyablement abrupt.

Ce qui l'incita à amorcer l'ascension malgré tout n'avait rien à voir avec la bravoure ni même avec le désir de sauver sa peau alors que les guerriers de Zarcofo étaient à ses trousses. Jacob entreprit la montée parce que son œil magique lui dictait de le faire. S'il s'était mis à réfléchir, à évaluer clairement la situation ou encore à se projeter plus loin que dans l'instant présent, il se serait effondré et il aurait attendu, roulé en boule au pied du pic de Tar, que les émissaires de Zarcofo fondent sur lui.

Les premières prises furent étonnamment faciles à trouver. Jacob se souvenait des consignes de son instructeur sur le rocher-école : « Détache ton corps de la paroi et prends le temps de regarder. Choisis bien où poser tes pieds et où appuyer tes mains.» Il progressa relativement bien, mû par une étrange ferveur. Il atteignit ainsi une altitude fort respectable, avançant dans un état second, jusqu'à ce que son regard glisse vers le sol.

Un violent étourdissement le saisit. Il n'avait jamais rien éprouvé de tel. On aurait dit que la paroi bougeait sous lui. Jacob ressentit le besoin impérieux de s'accrocher fermement à quelque chose de solide. Mais c'était impossible. Il était suspendu dans le vide, les pieds appuyés sur une minuscule aspérité et les doigts enfoncés dans une maigre anfractuosité.

Il leva les yeux vers la faille encore loin au-dessus de lui. C'était pire. Le vide au-dessus de sa tête l'affolait. Il eut l'impression de perdre pied et se souvint juste à temps d'un autre conseil de son professeur d'escalade : «Assure-toi de toujours garder trois prises.» Il avait failli tomber! Son pied droit avait glissé légèrement et Jacob avait fait instinctivement un mouvement de bras avant même de se stabiliser. Tout s'était joué en un quart de seconde. Il s'était miraculeusement rétabli.

La panique s'empara de lui. Il était prisonnier du vide. Redescendre était impossible et il était incapable d'esquisser le moindre geste vers le haut. Ses jambes se mirent à trembler. S'il ne parvenait pas à contrôler ce mouvement, ses pieds allaient céder d'un instant à l'autre. Pendant un bref moment, il eut envie de se laisser tomber. Curieusement, cette perspective lui parut moins effrayante que l'idée de détacher son corps de la paroi, de libérer une main pour chercher une autre prise et de se hisser encore plus haut. Le rocher au-dessus de lui était épouvantablement lisse. Il n'arrivait plus à découvrir une seule prise.

Jacob inspira lentement. Expira longuement. Recommença. Le sang cognait toujours à ses tempes et son corps en entier criait au secours. Il n'en pouvait plus de sentir ses doigts et le bout de ses pieds accrochés à rien. Il leva les yeux vers le sommet et se souvint des heures passées à contempler l'infiniment petit. En se concentrant longuement sur une petite pierre, il avait fini par la voir autrement, débusquant des reliefs neufs et des détails insoupçonnés.

Il s'attaqua ainsi à la paroi, accrochant son regard à la surface trop lisse jusqu'à ce qu'elle se transforme en peau d'éléphant, plissée d'une infinité de rides. En observant mieux, il trouva un nombre étonnant de minuscules saillies, d'entailles et d'aspérités. Toutes ces inégalités dans le roc semblèrent d'abord ridiculement peu importantes. Pourtant, à force de les étudier, Jacob en décela deux ou trois un peu plus visibles. Il s'en servit pour gravir un mètre de plus. Puis il recommença, examinant minutieusement la paroi dans l'espoir de découvrir de nouvelles prises. Il continua patiemment, totalement absorbé par sa tâche, repoussant toute autre pensée.

Soudain, la faille disparut. Il avait atteint un passage en surplomb qui, vu d'en bas, ne se laissait pas facilement deviner. Pour le franchir, il devrait chercher des prises pour ses mains en tâtant à l'aveuglette, puis se hisser à bout de bras avant de balancer une jambe puis l'autre. Même si la technique était simple, le risque de chute était énorme.

La première étape ne posa pas de difficultés. Jacob s'accrocha à deux petits renflements invisibles au-dessus de sa tête, mais lorsqu'il balança une jambe en poussant sur ses mains, il rata la cible. Son genou cogna durement contre l'avancée rocheuse. La douleur le surprit et ses mains glissèrent. Lorsqu'il parvint à se rétablir, ses jambes pendaient dans le vide.

Du bout de sa chaussure de course, il explora frénétiquement la paroi, trouva ce qui pouvait ressembler à un point d'appui pour un pied, appuya fermement le plat de ses mains contre le roc et balança une jambe par-dessus l'obstacle. Il éleva un bras, grattant sans rien voir à la recherche d'un point d'appui, s'accrocha, ramena l'autre jambe et réussit à se tenir en équilibre sur la partie en saillie.

La sueur mouillait son front et de fortes nausées l'étourdissaient. Il s'efforça de faire le vide. Ne pas réfléchir. Ne pas s'arrêter. Avancer sans se poser de questions. Garder les yeux rivés sur la paroi. Il parvint ainsi à franchir la distance qui le séparait de l'ouverture, s'agrippa fermement aux murs de chaque côté et put enfin se redresser, les deux pieds bien solides.

Ce qu'il aperçut lui arracha un cri d'émerveillement.

LA REQUÊTE

La montagne était creuse. Un lac émeraude dormait au fond de l'écrin rocheux. Des éclats de lumière pétillaient à la surface de l'eau en cette fin de jour, répandant du rose et de l'orangé avec des gouttes d'or éparpillées çà et là. C'était un lac avec des allures de mer, vaste et mystérieux. On ne pouvait douter qu'une vie secrète, tout un monde grouillant, évoluait dans ses profondeurs. Un sentier de pierres bleutées descendait doucement jusqu'à une plage sablonneuse.

Jacob emprunta le sentier, attiré comme par un aimant, stupéfié par la beauté du spectacle. Rien ne lui semblait plus salutaire que ce lac féerique. Il imaginait déjà l'eau soyeuse contre sa peau. Il n'aurait qu'à s'y glisser pour effacer les traces de sueur, de laideur, de terreur et de cruauté collées à son corps. Il en émergerait purifié.

Alors, il y retournerait pour s'abandonner à l'eau en oubliant tout. Il flotterait, bras et jambes en étoile, offrant son visage au soleil, pour ensuite plonger et se perdre dans le silence marin. Puis il recommencerait. Encore et encore et encore...

Des souvenirs du dernier été surgirent. Après la mort de Simon-Pierre puis la semaine au chalet d'Éloi, ses parents l'avaient inscrit sans son consentement dans un camp pour adolescents. Il avait horreur de ces camps avec leur horaire infernal, sans trois minutes de liberté dans toute la journée. Jacob avait détesté son séjour. À trois exceptions près... L'amitié chaleureuse d'Éloi, inscrit lui aussi, le lac à la Loutre où il avait nagé pendant des heures et Camille. Elle avait de longues jambes bronzées, un bracelet fin à la cheville, un ventre doré, de petits seins fascinants et un sourire fracassant. Lorsqu'elle sortait du lac, des perles d'eau s'accrochaient joliment à ses cils.

Jacob continua sa descente en imaginant Youriana, telle une sirène, ondoyant dans les profondeurs marines. Il distingua bientôt une forme au bord de l'eau et crut que la fatigue brouillait sa vue en faisant surgir des apparitions. Puis il songea que cela ressemblait à un arbre mort dont il ne restait plus qu'un tronc tordu et quelques branches nues. Mais à mesure qu'il approchait, la vision se précisa. C'était une vieille femme très laide, fripée, bossue et maigre à faire peur. Elle se tenait debout, mal assurée sur ses jambes, comme ces vieillardes squelettiques montrées aux bulletins de nouvelles lorsqu'il était question de famine ou de quelque autre désastre.

Plus il avançait, plus la femme lui semblait hideuse. Elle s'était tournée vers lui et le regardait venir. Son nez était trop gros pour son visage et ses yeux trop petits. Deux prunelles noires enfoncées dans leur orbite et cerclées de gris, comme si elle n'avait pas dormi depuis une éternité. Ses cheveux gris collaient à son crâne et son visage tavelé paraissait criblé de marques de pourriture. Elle était vêtue d'une robe crasseuse de couleur indéfinie et ses pieds osseux étaient nus.

L'aspect général de la vieille femme aurait peut-être dû susciter sa pitié, pourtant Jacob n'éprouvait que du dégoût. Une peur sournoise lui collait au ventre. Hanté par le souvenir des sorcières, il croyait deviner une créature maléfique sous ses allures de vieillarde démunie. Il aurait voulu l'éviter. Ou, mieux, la faire disparaître.

Lorsqu'il ne fut plus qu'à quelques pas, elle esquissa un sourire pitoyable révélant une bouche fortement édentée, puis elle s'approcha, agitant ses mains aux doigts crochus sous le nez de Jacob. On aurait dit les serres d'un rapace cherchant leur proie. Jacob se sentit piégé. Il mit un moment à découvrir qu'elle s'adressait à lui en utilisant un langage de signes. Elle le désignait d'un doigt tordu puis montrait une masse sombre flottant au loin à la surface de l'eau. Jacob aperçut une barque en piteux état sur la grève. Il avait été tellement obnubilé par la vieillarde qu'il n'avait pas remarqué l'embarcation.

À force de la voir gesticuler en émettant des grognements et des gémissements, Jacob finit par comprendre qu'elle souhaitait qu'il la mène vers cette chose à la surface de l'eau. Il reçut sa requête comme une agression. Il en voulait à cette vieillarde aux allures de sorcière de lui réclamer un service alors même qu'il avait tant besoin de s'occuper de lui-même. Sans compter qu'il se méfiait d'elle et qu'il n'avait aucunement l'intention de se mettre en danger.

Des paroles montèrent à ses lèvres. « Disparais de ma vue ! » « Laisse-moi tranquille. » « Va-t'en ! Je ne te dois rien. » Jacob réussit toutefois à garder le silence. Il finit aussi par comprendre que la femme gesticulait parce qu'elle était muette. Les sons qu'elle émettait étaient typiques de ceux qui sont privés de parole. Était-elle sourde également ? Jacob secoua vivement la tête dans un signe de négation puis répondit d'un seul mot à sa requête :

— Non !

Rien ne remua sur le visage de la vieille femme. Ses yeux continuèrent de fixer Jacob d'une manière qu'il jugea inquiétante. Il se mit à gesticuler à son tour pour indiquer à cette vieillarde qu'elle n'avait qu'à ramer elle-même pour aller où elle voulait. Il savait pourtant que ses bras rachitiques ne réussiraient jamais à manier les avirons. « Tant pis, se répétait Jacob. Je ne suis pas ton sauveur. Rien ne m'oblige à m'occuper de toi. »

Le mieux, c'était de longer la berge pour entrer dans l'eau un peu plus loin, à l'abri du regard de la femme. Il fit un pas, puis un autre pour s'éloigner. Il aurait dû se sentir soulagé, puisqu'il n'avait plus à supporter sa vue, mais c'était tout le contraire. Son œil magique l'avertissait d'un danger imminent. La menace ne venait pas de la vieillarde. Elle venait de lui. Une voix lui murmurait qu'il avait tort de fuir. Il devait rester. Aider cette femme. La conduire quelque part sur ce lac, comme elle le demandait.

Jacob se retourna et considéra la vieillarde avec un regard neuf, débarrassé des peurs et des préjugés. Il vit une créature en détresse, une pauvre vieille femme réclamant son aide, et il eut honte tout à coup. Il se souvint du sous-sol d'église où Max l'avait entraîné. Toutes ces femmes et tous ces hommes, perdus, démunis ou brisés par la vie. Max s'asseyait régulièrement avec eux. Il n'avait pas peur, lui.

La vieille femme esquissa un sourire désastreux et Jacob fut frappé par sa hideur. Elle sentait mauvais en plus, une odeur de saleté et de misère. Ses airs de vieux corbeau affamé la rendaient encore plus effrayante. Elle était frêle et paraissait inoffensive, mais Jacob savait que Zarcofo excellait dans l'art des métamorphoses. Il savait transformer une brebis en taureau sanguinaire et une sorcière en fée.

Pour se donner bonne conscience, parce que le doute persistait dans son esprit, Jacob tenta d'expliquer sa position à la vieillarde à grands renforts de gestes malhabiles et de paroles qu'elle n'entendait sans doute pas.

— Je dois partir, dit-il. Je voudrais seulement me rafraîchir un peu. Le temps me presse trop pour que je vous aide. Quelqu'un d'autre le fera. Je suis désolé...

Alors même qu'il gesticulait, son œil magique s'imposa à nouveau, lui répétant qu'il avait tort, que son jugement était faux. Jacob observa la vieillarde. On eût dit qu'elle savait exactement ce qui se passait. Elle ancra son regard plus profondément dans celui de Jacob. Il sentit ses entrailles se nouer. Cette femme avait le cœur bon. Elle méritait d'être aidée.

Jacob hésita pendant un moment encore, scrutant le visage et le corps de la femme, puis il se dirigea vers la barque et la tira vers l'eau. La vieille femme se glissa dans l'embarcation avec une agilité étonnante. Elle s'installa à l'avant, ramenant ses bras autour de sa poitrine pour se protéger du vent. Jacob poussa la barque, monta à bord et commença à ramer.

Chaque coup de rames lui coûtait. Il n'en pouvait plus de se faire violence, d'exiger de son corps des efforts qu'il ne voulait plus fournir. Pour occuper son esprit, il entreprit de compter chacun de ses mouvements, comme il avait fait de ses pas lorsqu'il courait sur les conseils de Léonie. Il s'encouragea en songeant qu'il atteindrait sûrement ce que visait la vieille dame sur l'eau avant d'arriver au chiffre mille. De temps en temps, il étirait le cou pour corriger sa trajectoire sans voir la vieillarde blottie au fond de l'embarcation.

Il compta jusqu'à mille, puis mille cinq cents et enfin deux mille. Leur cible était encore loin. Alors il redoubla d'efforts, enfonçant les rames plus rapidement et avec plus de vigueur. Jacob fut surpris de constater qu'il se sentait en meilleure forme que lorsqu'il avait commencé à ramer. Il se retourna pour mieux visualiser son objectif et découvrit que la masse vers laquelle il ramait avait grossi. On aurait dit une petite île. Jacob se contorsionna pour voir sa passagère.

Elle avait disparu. Une jeune fille était assise à sa place. Elle portait une longue robe bleue vaporeuse, ses yeux avaient la couleur d'une forêt d'été et sa chevelure flamboyait sous le soleil tombant. Elle était mince et gracieuse, mais une grande force et une extraordinaire luminosité émanaient de sa personne.

Jacob l'aurait reconnue entre mille fées.

— Youriana, murmura-t-il d'une voix blanche.

Elle répondit d'un sourire qui semblait pouvoir ensoleiller l'univers entier.

TROIS VŒUX

Il n'arrivait pas à se repaître. Chaque fois que son regard se posait sur la jeune fille, Jacob sentait son cœur danser. Il avait d'abord craint qu'elle ne fût qu'un mirage, une folle invention de son esprit. Pourtant, elle était bien là, réelle, vivante, plus merveilleuse encore qu'il n'avait pu la rêver.

En la découvrant, il était resté longtemps immobile et muet. Youriana l'avait pressé de continuer de ramer. Ils avaient dépassé la petite île rocheuse indiquée par la vieillarde et Jacob avait continué de ramer dans un état second jusqu'au bout du lac. Les questions se bousculaient sur ses lèvres, mais Youriana avait refusé d'y répondre.

— Tu sens la vieille sorcière ! avait-elle protesté en riant. Lave-toi. Après, nous causerons.

Pendant qu'il nageait, il s'était arrêté à plusieurs reprises pour fouiller le rivage de crainte qu'elle n'ait disparu. Lorsqu'il émergea de l'eau, le corps plus souple et le cœur plus léger, Youriana n'avait pas bougé.

— Explique-moi... demanda-t-il en s'asseyant près d'elle sur le sable.

La princesse fée inspira profondément. Puis elle leva les yeux vers le ciel qui s'assombrissait et esquissa une fois de plus un de ces sourires qui donnaient à Jacob l'impression de renaître.

— Les fées se sont réunies au château d'hiver de ma mère, commença Youriana.

Sa voix n'était que musique aux oreilles de Jacob. Il eut ainsi du mal à enregistrer ses paroles au début, non seulement parce que les mots étaient si mélodieux, mais aussi parce qu'elle bougeait parfois ses longs bras minces pour exprimer une idée. Ses mains papillonnaient alors d'une si jolie manière qu'il ne pouvait s'empêcher de vouloir les attraper afin de les retenir entre ses paumes.

— La reine des fées refuse que tu poursuives ta route dans l'état où tu es, expliquait Youriana. Zarcofo s'amuserait trop facilement de toi. C'est un risque que la reine et toutes les fées réunies ne peuvent prendre. Ton courage est grand et tu es bien l'Élu, malheureusement les sorcières t'ont gravement affaibli.

« Un simple repos ne suffirait pas à te rétablir. Il faudrait que tu retournes dans ton royaume pour y refaire lentement tes forces. Cela prendrait plus de temps encore que la dernière fois, car tu es davantage atteint que tu ne le crois. Or, tu sais qu'en ce moment le temps nous est infiniment précieux. À chaque nouveau soleil, nous sommes tous et toutes plus fragiles, car Zarcofo devient plus puissant. Ma mère est faible, ses forces d'enchantement diminuent. Le sorcier en profite pour répandre l'obscurité.

« Ma mère croit que j'ai le pouvoir de te réenchanter et qu'après tu pourras reprendre ta route. Sa décision de me ramener a requis un effort magique inouï, car la malédiction qui m'a atteinte est extrêmement puissante. »

Jacob avait secrètement espéré qu'elle lui annoncerait qu'il avait été suffisamment éprouvé. Qu'il n'avait plus à poursuivre sa mission. Qu'elle s'était réveillée pour de bon, qu'elle était revenue dans son royaume et que, désormais, elle resterait éternellement près de lui.

— Comment les fées ont-elles réussi à t'arracher à ton sommeil pour te ramener ici ? Et... pour combien de temps ? demanda-t-il d'une voix pressante.

— Il y a des choses qui restent secrètes. Même pour moi, répondit-elle. Je sais que les fées ont consenti un terrible sacrifice afin de me permettre d'effectuer ce passage, mais je ne sais pas lequel. Je sais aussi que les fées ont improvisé un cercle magique dans les jardins d'hiver de la reine. Elles ont sûrement dansé et chanté, car c'est ce que nous faisons toujours. Ces célébrations sont autant de prières à Tar. C'est lui que nous devons amadouer, car c'est de lui que nous tirons nos pouvoirs. Pour me sortir de mes songes et me ramener ici, les fées ont épuisé leurs réserves. Et elles se sont fragilisées encore davantage afin d'accomplir une merveilleuse imposture.

— Que veux-tu dire ?

— Elles ont reproduit mon corps pour que dans ton monde nul ne remarque mon absence. Puis elles m'ont prêté une autre enveloppe, car Tar exigeait que je me présente à toi déguisée en vieillarde. Il désirait te soumettre à une épreuve avant d'exaucer le vœu des fées. Tu as failli échouer parce que ton âme porte l'empreinte des sorcières et parce qu'il te reste des étapes à franchir. Ton œil magique t'a sauvé juste à temps.

Ses paupières s'abaissèrent, dissimulant son regard d'eau et de feuilles. Un nuage glissa sur son visage. Jacob comprit qu'elle avait souffert pendant qu'il ne voyait d'elle que la vieillarde au physique ingrat. Elle avait été condamnée à un rôle de spectatrice impuissante, prisonnière de son déguisement, privée de parole et incapable de se manifester autrement.

Il n'osait plus lever les yeux vers la jeune fée assise à ses côtés. Son regard s'était posé sur une de ses mains appuyée sur le roc à quelques centimètres de sa propre main. À cet instant précis, rien d'autre n'existait que ces longs doigts fins et les veines bleues palpitant sous la peau laiteuse. Il n'était plus l'Élu. Il avait seulement envie de prendre la main de la jeune fille à ses côtés dans la sienne.

Ni l'un ni l'autre ne bougèrent pendant un très long moment. Jacob avait l'impression qu'on pouvait entendre son cœur battre à grands coups jusque dans la forêt des krounis. À chaque seconde qui s'écoulait, son désir fou prenait encore plus d'ampleur. « Si j'attends encore et que j'ose ensuite, mon cœur va exploser, c'est sûr », se dit-il.

Cette pensée lui donna du courage. Il posa sa main sur celle de Youriana. Une chaleur délicieuse parcourut tous ses membres. Puis un long frisson. C'était doux et bon. Si infiniment doux et bon qu'il esquissa un sourire, son premier, lui semblait-il, depuis une éternité. Une joie lumineuse dansa dans les yeux de Youriana et redessina la courbe de ses lèvres.

Elle laissa sa main dans celle de Jacob lorsqu'elle reprit la parole. Sa voix tremblait un peu malgré elle.

— Ma mission auprès de toi est de courte durée, annonça-t-elle. Le temps d'un enchantement dépend des forces merveilleuses qu'il requiert. Or, Tar a rarement accordé aux fées des pouvoirs aussi importants que ceux qui m'ont amenée ici.

Jacob profita du bref silence qui suivit pour chasser la panique montante. L'idée même qu'elle puisse disparaître bientôt le bouleversait.

— Nous devons profiter pleinement du temps qui nous est accordé, conclut Youriana.

— Tu as raison... souffla Jacob, le cœur aux abois.

La princesse fée reprit sur un ton qu'elle s'efforça de rendre joyeux.

— La reine fée et ses amies ne m'ont pas dicté une manière de t'aider à refaire tes provisions d'enchantement. Je ne sais pas vraiment quelle est la meilleure façon de t'aider. Mais je crois aux grandes traditions. Les vœux sont ce qui caractérise le mieux les fées. Chacune de nous a le pouvoir d'en exaucer trois. Une fois ces vœux épuisés, certaines fées n'ont plus jamais assez de pouvoir pour répéter l'exercice.

Youriana s'arrêta un moment pour sonder le cœur de Jacob. Il se rappela ce qu'il avait éprouvé lorsque les sorcières s'étaient immiscées en lui. Ce qu'il ressentait maintenant n'avait rien à voir. Au lieu de causer des ravages, Youriana répandait en lui chaleur et lumière.

— Je te concède donc trois vœux, déclara-t-elle, les yeux brillants.

— Comme dans les contes de fées! s'exclama Jacob.

— Ne crois-tu pas, bel humain, que ce sont plutôt les contes qui prennent exemple des fées? Tu es immensément précieux à mes yeux, Jacob. Ma vie, mon avenir et mon règne sont entre tes mains. Mais il y a plus... Je t'ai visité maintes fois en songe. J'éprouve pour toi quelque chose d'unique...

Elle se tut à nouveau. Le sourire qu'elle eut alors incendia Jacob.

— Aucun vœu ne peut briser la malédiction qui m'atteint. Ces souhaits ne remplaceront pas ta mission. Ils doivent servir à renouveler tes forces et tu ne peux en aucun cas jouer avec la formule en souhaitant, par exemple, que te soient accordés d'autres vœux.

« Sonde ton âme et ton cœur, mon bel ami. Cherche ce qui t'apportera le plus de paix et de joie, ce qui risque le mieux de réveiller le printemps en toi. »

— Trois vœux... balbutia Jacob. Combien de temps ai-je pour réfléchir?

— Très peu, répondit Youriana. Une nuit... À l'aube, tu devras formuler tes trois vœux ou, si tu préfères, prononcer seulement le premier, ce qui te permettrait de modifier ton choix éventuellement. Si c'est la formule que tu choisis, tu devras taire tes deux autres vœux.

— Quel serait l'avantage de prononcer tout de suite trois vœux si je peux attendre ?

Youriana hésita.

— Ce que chacun des vœux te fera vivre pourrait modifier tes désirs. Nul ne sait si de nouveaux vœux seraient alors mieux. Ta façon de vivre chacun des souhaits aura beaucoup d'influence sur ta guérison. Mais toute entreprise magique comporte des pièges. Écoute ton cœur, Jacob.

Le soleil de jour avait totalement disparu, remplacé par un astre plus discret. L'eau du lac avait noirci et des rubans d'étoiles s'étiraient dans le ciel.

— J'ai besoin de dormir, déclara Jacob. Mais... je voudrais que tu restes près de moi...

— N'aie aucune crainte. J'ai suffisamment dormi pour des siècles à venir, le rassura Youriana en éclatant d'un rire cristallin. Dors, mon bel ami. Je vais rester près de toi pour veiller sur ton sommeil et j'assisterai à ton réveil.

Jacob se roula en boule sur le roc encore chaud. Le vent avait presque fini de sécher ses vêtements. Il ne ressentait ni le froid, ni la faim, ni la soif. Il était seulement bien. La respiration lente de Youriana accompagnait délicieusement le silence. Il s'endormit en songeant qu'il était trop heureux pour formuler un vœu.

L'ÎLE DORMANTE

Jacob s'éveilla un peu avant l'aube. Youriana contemplait le ciel. Un sourire flottait sur ses lèvres et la peau de son visage brillait comme si elle était parsemée de poussière d'étoiles. Pendant la nuit, Jacob s'était approché d'elle et il avait posé une main sur une des siennes. Elle y était encore et ce contact le rendait si heureux qu'il désira prolonger ce moment en restant immobile.

«Trois vœux», songea-t-il. Il avait déjà entendu ses parents discuter de ce qu'ils feraient s'ils gagnaient à un tirage de loto. Son père quitterait son emploi le jour même. Sa mère voulait une maison plus grande dans un quartier plus chic. Ils convenaient presque toujours de l'achat d'un chalet et de deux nouvelles voitures.

Il n'y avait pas si longtemps, ses réponses n'auraient pas été très différentes de celles de ses parents. Il aurait immédiatement songé à des biens, des choses qui s'achètent, une nouvelle console et un tas de jeux électroniques, entre autres. S'il avait pu, il aurait sans doute aussi émis le souhait d'entrer dans un jeu électronique afin de vivre l'aventure pour vrai. Rien ne semblait plus palpitant à ses yeux que la possibilité d'affronter véritablement les monstres sur son écran afin d'accéder au Grand Vide Bleu ou à quelque autre royaume fantastique.

Or, voilà qu'il évoluait dans un de ces univers avec une vraie mission à accomplir. Maintenant qu'il comprenait mieux ce qu'on exigeait de lui, souhaiterait-il n'avoir jamais basculé dans cet autre monde ? La réponse était à ses côtés. Youriana. Son existence abolissait les peurs, effaçait les douleurs. Elle donnait un sens à sa mission et c'est vers elle que tendaient tous ses vœux.

Ce qu'il souhaitait, plus que tout, c'était l'avoir à ses côtés. Toujours. Mais Youriana lui avait expliqué que les vœux ne pouvaient abolir sa mission. Ils devaient l'aider à reconstruire ses forces vitales et raviver sa joie.

De quoi avait-il le plus envie ? Une réponse inattendue s'imposa. Il avait envie de rire, de faire la fête, de renouer avec des plaisirs simples. De se sentir jeune, heureux, léger. Oui. C'était son premier vœu.

Le deuxième s'imposa presque aussi rapidement, même s'il était de nature totalement différente. Une fois qu'il en eut conçu le projet, il considéra pendant un moment l'idée d'en faire son premier vœu. Puis il convint qu'il vivrait mieux cette aventure après une grande récréation. Son deuxième souhait était de revoir son frère. Simon-Pierre.

Le troisième vœu portait également un nom. Youriana. À défaut de la garder pour toujours près de lui, il souhaitait vivre auprès d'elle le plus long moment possible.

Il se releva, sans laisser la main de Youriana quitter la sienne. L'aube éclaboussait le ciel de couleurs impossibles.

Youriana semblait appartenir à ce décor irréel. Jacob la trouva plus belle, plus gracieuse, plus lumineuse encore que dans ses songes et ses souvenirs.

— Je suis prêt, annonça-t-il.

— Je t'écoute, répondit Youriana de sa voix mélodieuse.

Jacob énonça ses trois vœux.

Aussitôt, Jacob vit la toute petite île que lui avait désignée la vieillarde enfler devant lui. Un vaste territoire mystérieux et invitant surgissait de l'eau.

— Une île dormante ! s'exclama-t-il en se retournant vers Youriana… qui avait déjà disparu.

Il eut un bref moment de panique avant de distinguer sa présence. Il n'avait rien à craindre. Youriana le suivait de loin, invisible et silencieuse.

Ses lectures sur les îles dormantes dans l'encyclopédie de son oncle l'avaient fasciné. Elles surgissaient des profondeurs sous-marines à des moments précis déterminés par les fées afin de révéler à des êtres choisis un monde insoupçonné.

Il prit la barque et rama jusqu'à l'île. À mesure qu'il avançait, l'île grossissait encore en se parant d'une végétation de plus en plus luxuriante. Une petite plage de sable l'attendait, de taille parfaite pour qu'il y hisse son embarcation.

Dès qu'il posa un pied sur le sol, un cri strident retentit. Jacob s'immobilisa aussitôt. Il attendit puis avança encore d'un pas. Le même cri fusa, perçant et douloureux.

C'était comme si le sol sous ses pieds était vivant, comme s'il écrasait quelque chose ou quelqu'un.

Il n'osait plus bouger. Il s'agenouilla pour inspecter l'herbe et la mousse autour de lui. Rien de particulier n'attira son attention. Il pressa une paume fermement sur le sol pour voir si le poids de sa main déclencherait un cri, mais il n'y eut pas de réaction. Il se releva et fit trois pas. Un hurlement déchira l'espace. C'était vraiment horrible à entendre et, cette fois, il n'y avait plus de doute. Ces plaintes atroces étaient liées à ses mouvements.

Jacob poussa un long soupir de découragement. C'est alors qu'il crut entendre des gloussements. Il tendit l'oreille, perçut un faible bruit, tout près, souleva un tas de branches et découvrit deux petits bonshommes joufflus qui se tordaient de rire. Ils étaient vraiment drôles à voir. Ils riaient à gorge déployée en montrant Jacob de l'index et en se tenant les côtes, les yeux mouillés de larmes.

C'étaient des gnomes. Théodore Jobin les appelait affectueusement «les petits géants». Ils étaient bâtis comme des colosses, mais en format réduit, et ils étaient aussi bons que les bons gros géants.

— Pardonne-nous, réussit à prononcer un gnome en se relevant. Mais ça valait tant tellement la peine que nous recommencerions tout de suite. N'est-ce pas Guillou?

— Tout à fait parfaitement, répondit l'autre gnome.

— Bienvenue, cher Jacob Jobin. Nous avons été avertis de ta visite et nous en sommes très beaucoup heureux. Si tu le veux bien un tout petit peu, nous aimerions t'offrir un gentil tour amical de l'île.

Jacob ne répondit pas tout de suite. La vue des gnomes et leur fabuleuse énergie le laissaient pantois.

— Merci... Oui... Euh... Comment vous appelez-vous? demanda-t-il finalement.

— Moi? Je ne m'appelle pas. Je suis déjà là! répondit l'ami de Guillou en éclatant de rire.

— Mais si vous deviez un tant soit peu l'appeler, son nom est Niki, ajouta Guillou en pinçant son camarade, l'air de dire qu'il devrait faire preuve d'un peu plus de sérieux.

Jacob apprit qu'une centaine de gnomes habitaient sur l'île, ou plutôt s'y amusaient, car tout était prétexte au rire et plus généralement à la joie. Du soleil de jour jusqu'au soleil de nuit, les gnomes s'ingéniaient à transformer le moindre événement en jeu et la première occasion en fête.

Ils vivaient dans des lieux inusités. Les uns dans un trou d'arbre, d'autres simplement parmi les branches. Plusieurs dormaient dans de minuscules huttes, très sommairement construites, dispersées un peu partout et appelées «cache-fesses». Un cache-fesses ne protégeait pas de la pluie, il servait uniquement, comme le suggérait son nom, à accorder un minimum d'intimité. Roches, branches, feuilles, fougères et broussailles étaient utilisées pour construire un cache-fesses.

Les installations les plus amusantes ressemblaient à d'énormes hamacs suspendus au-dessus d'un joli ruisseau qui traversait l'île. Les montants étaient en bois et le fond en jonc tressé. Une échelle permettait aux gnomes de monter là-haut pour s'y détendre ou dormir, bercés par la musique de l'eau. Guillou expliqua à Jacob que chaque type d'habitation avait ses avantages. Les gnomes échangeaient donc souvent leur domicile. Un hamac pour un trou d'arbre, un cache-fesses contre une cache dans le sol ou un semblant de nid dans les branches.

— Comme ça, on profite de tout et on a l'impression d'être un petit peu toujours en voyage, résuma Niki d'un ton satisfait.

— Et ça, qu'est-ce que c'est? demanda Jacob en désignant une espèce de chapiteau solidement construit avec de bonnes poutres et un toit de branches, de mousse et de boue séchée.

— C'est notre abri-pluie communautaire, répondit Guillou. Dès qu'il pleut, nous arrêtons tout pour faire la fête.

— Vous aimez la pluie? demanda Jacob, surpris.

— Mais non, voyons. Pas une miette du tout, assura Niki. Nous DÉ-TES-TONS la pluie. C'est pour ça que nous faisons la fête dès que tombe une goutte. Au lieu de se désoler, on célèbre!

— Et ça, qu'est-ce que c'est? s'enquit Jacob en désignant de longues cordes tressées accrochées à des branches d'arbres.

— Ça, c'est un grand jeu permanent inventé par Letendre, un très ancien vieux gnome encore vivant. En jouant, on sent notre cœur monter jusque-là, expliqua Niki en portant une main potelée à sa gorge.

— C'est parce que même les meilleurs tombent dans l'eau ou dans la boue parfois, ajouta Guillou, les yeux brillants de plaisir.

Un cri fusa entre les arbres et au même moment, Jacob vit un gnome accroché à une de ces lianes s'élancer dans les airs en poursuivant sa route d'arbre en arbre. Niki lui expliqua que Letendre avait glissé des pièges un peu partout en plus d'aménager des «zones périlleuses». Les gnomes atterrissaient alors dans un petit marécage ou une grosse flaque de boue. Chaque fois qu'un gnome ratait une liane et se retrouvait les fesses à l'eau, il devait payer une amende.

L'argent, les pierres précieuses ou toute autre monnaie traditionnelle n'avaient aucune valeur sur l'île. Les gnomes devaient offrir en gage un bien cher à leurs yeux : un jeu, une invention, un souvenir, une gourmandise... Tous ces objets étaient exposés sur la table aux trésors installée sous un chapiteau au centre de l'île. Chaque fois qu'un gnome était affligé d'un malheur – «comme s'échapper une roche sur un pied», avait précisé Guillou –, il pouvait choisir un trésor pour se consoler.

Jacob était fasciné par tout ce qu'il apprenait. Il se demandait à quoi pouvaient bien ressembler ces gages lorsque trois gnomes atterrirent soudain à côté d'eux en glissant d'une même liane. Deux femmes et un homme émergèrent de cette joyeuse bousculade. Sitôt debout, ils époussetèrent leurs vêtements et s'efforcèrent de prendre un ton sérieux :

— La reine... commença la première.

— ... du jour... poursuivit la seconde.

— ... réclame l'étranger, termina le dernier gnome.

Ils firent ensemble une jolie courbette avant de disparaître de la même manière qu'ils étaient apparus. Jacob éclata de rire.

— Il faut nous précipiter rapidement de suite ! déclara Guillou, excité.

Jacob apprit que les gnomes élisaient un roi ou une reine tous les jours. D'un soleil à l'autre, le souverain du jour pouvait réclamer de ses pairs toutes sortes de gâteries et de fantaisies dites raisonnables. Un sage, qui lui aussi changeait tous les jours, devait veiller à ce qu'il n'y ait pas d'abus.

— Le bonheur monte à la tête comme le vin de grenaille, expliqua Guillou, l'air espiègle. Il faut parfois, et c'est tout à fait parfaitement normal, calmer un peu l'enthousiasme d'un roi ou d'une reine. Mais puisque nous sommes tour à tour roi et sujet, normalement tout va.

Les gnomes avaient imaginé une méthode amusante et simple pour élire le souverain quotidien. Tous les matins, le roi ou la reine de la veille pigeait dans une grande poche un sujet de concours noté sur un bout de papier. Tous ceux qui le souhaitaient pouvaient tenter leur chance. Le gagnant était proclamé roi.

— Et à quoi ressemblent ces concours ? voulut savoir Jacob.

— Moi, j'ai gagné le concours des crachats, confia Niki. J'ai tiré mon jus de bouche plus loin que tous les autres, ajouta-t-il fièrement.

— Et moi, j'ai remporté le concours du pas-rire-du-tout, se vanta Guillou. Ils m'ont fait les pires affreuses grimaces et je n'ai même pas souri un petit grain de rien. Je m'étais pratiqué pendant beaucoup très longtemps. Aïe! Aïe! Aïe! Ce n'était vraiment pas du tout facile.

Jacob imaginait la scène avec plaisir. Le langage des gnomes et leurs mœurs facétieuses le réjouissaient. Ils quittèrent le sentier principal pour pénétrer dans un agréable sous-bois. La reine du jour était installée dans son lieu choisi : une balancelle accrochée à une haute branche. Elle dégustait ce qui ressemblait à un gros bonbon planté dans un bout de bois.

— Tu veux y goûter, jeune ami sujet étranger? demanda la reine en tendant sa friandise à Jacob.

Jacob eut un premier réflexe de dégoût. Comment pouvait-il sucer ce truc qu'elle avait déjà léché? Mais le regard gourmand et envieux des gnomes autour de lui eut raison de sa résistance. Et heureusement! La friandise souveraine était, comme aurait dit Guillou, tout à fait absolument délicieuse. Un goût de petits fruits et de miel doré avec quelque chose de plus, un parfum délicat infiniment exquis.

— Qu'est-ce que c'est? demanda Jacob en se pourléchant.

— C'est un splatchlouque inventé par la gnome Natilda, expliqua la reine. Je meurs très fort de deviner son secret. Pas toi?

Jacob acquiesça. Tout ce qu'il voyait et entendait l'enchantait.

Il découvrait un petit peuple inventif et gai, occupé à ne pas trop se compliquer l'existence et à profiter de menus plaisirs simples et sans danger. Ils vivaient en harmonie, sans être astreints à toutes sortes de lois contraignantes et compliquées. Jacob se surprit à songer à sa vie ancienne dans la maison familiale de Westville. Il aurait grandement eu besoin de cette formidable vitalité des gnomes. Mais n'était-ce pas le cas de nombreux humains? Il se rappela des paroles de Léonie peu avant qu'il retourne au royaume caché. « Le monde a drôlement besoin d'être réenchanté, avait-elle suggéré. Qu'en penses-tu? »

La reine du jour arracha Jacob à ses réflexions.

— Le sage m'a permis de te faire une requête, déclarat-elle. Nous n'étions pas tout à fait parfaitement certains que ce soit de mise puisque tu es nouveau et simplement de passage et qu'en plus les fées nous ont communiqué ton extrême importance vu que c'est toi l'Élu. Mais tant pis! Alors, voilà : j'aimerais que tu me racontes la blague la plus drôle de ton royaume.

Jacob promena un regard autour de lui. Tous les gnomes attendaient qu'il prenne la parole. Il eut envie de se défendre. « Je suis nul pour raconter des blagues. Dès qu'on m'en apprend une, je l'oublie ou encore je m'embrouille en la racontant à mon tour et ça tombe à plat. » C'est ce qu'il avait envie d'expliquer, mais en même temps, il se sentait vraiment moche de décevoir les gnomes. Ils avaient tous visiblement très hâte de l'entendre et se régalaient d'avance de cette récréation. Pour se donner confiance, Jacob songea que les gnomes semblaient jouir d'un humour assez primaire et puéril. Une blague de deuxième année ferait sûrement l'affaire.

Il fouilla dans sa mémoire, rejetant une blague, puis une autre, hésitant à nouveau, pour enfin lancer :

— Quel animal mange avec sa queue ?

Un lourd silence succéda à la question de Jacob. Les gnomes plissaient le front et fronçaient les sourcils ; ils se grattaient la tête et se balançaient sur un pied puis sur l'autre dans un effort pour trouver la réponse. On aurait dit qu'ils avaient tous oublié que ce n'était qu'une blague.

— Je donne ma langue aux crapauds ! déclara finalement un gnome.

— Pour ma part, je m'incline très respectueusement devant l'astucieuse interrogation de notre ami étranger, ajouta un autre.

— Ne nous fais pas languir un tout petit tantinet de plus. Nous t'écoutons ! ordonna la reine.

— Tous les animaux avec une queue mangent avec leur queue, dit Jacob. Ils ne peuvent quand même pas l'enlever !

Nul ne réagit. Les gnomes restèrent figés, silencieux. Jacob eut honte de sa blague. Il se sentait vraiment stupide. Et puis soudain, la reine éclata de rire et tous les gnomes avec elle. Ils riaient très fort en se tapant sur les cuisses et en répétant : « Ils ne peuvent quand même pas l'enlever ! »

— Je déclare le jeune étranger champion de l'hilarité, lança la reine. Et pour le récompenser, nous allons...

Les gnomes étaient tous très excités. La reine du jour s'amusa quelques secondes à les faire languir avant de poursuivre :

— Nous allons improviser... une dégustation festive ! En équipes de... trois. Par ordre de... grandeur de pieds !

LES PRÉPARATIFS

Des cris de joie accueillirent la déclaration de la reine. Aussitôt, les gnomes se répartirent en petits groupes puis se dispersèrent rapidement. Jacob fut invité à tenir compagnie à Mirna, la souveraine du jour.

— Nous allons nous régaler ! s'exclama-t-elle, réjouie. La dernière fois, Smirne et son équipe ont reçu le titre de grands épateurs pour avoir inventé une galette aux coquelicots à pâte élastique. On pouvait l'étirer et jouer avec en mangeant.

— Vous ne vous alimentez donc pas uniquement de plantes... commença Jacob.

— Es-tu tout à fait totalement toqué, jeune étranger ? s'indigna Mirna. Les gnomes sont de grands gourmands gastronomes. Tu en seras bientôt complètement convaincu.

Jacob se souvenait de certains passages de l'encyclopédie de son parrain dans lesquels les gnomes étaient décrits comme un petit peuple jouissif et festif, mais Théodore Jobin n'avait pas fourni de détails sur leurs habitudes alimentaires.

— Vous avez mentionné...

— Ouille ! Dis-moi *tu*, je t'en supplie, le coupa Mirna. Même si j'ai quatre fois cent ans, je ne suis pas une vieille croûte, ajouta-t-elle en riant.

— Quatre cents ans ! Bravo. Tu ne les fais pas ! la rassura Jacob en rigolant intérieurement.

Mirna était jolie à la manière des gnomes. Elle était petite et ronde, joyeuse et joufflue. Ses traits étaient un peu grossiers avec un nez large, des yeux écartés et une grande bouche aux lèvres épaisses. Son apparence générale suscitait pourtant la sympathie. On l'aurait dite sans âge, comme tous les gnomes d'ailleurs. Jacob se souvenait des roufs, un peuple moins exubérant et heureux où chacun semblait porter le poids des siècles qu'il avait traversés.

— Tu as mentionné que Smirne et ses amis étaient de grands épateurs... Qu'est-ce que ça signifie ? demanda-t-il, curieux.

— C'est pourtant complètement clair et évident ! Quand tous les gnomes s'activent à une même tâche, celui ou ceux qui nous épatent le plus sont déclarés grands épateurs.

— Et que gagnent-ils ? s'enquit Jacob.

— Tous les trésors sur lesquels Zarcofo écrase ses grosses fesses laides, répondit Mirna avant d'éclater d'un grand rire.

Jacob était fasciné par la reine du jour. Son hilarité était réjouissante.

— Non ! Bien sûr... se reprit-elle. Il gagne d'être fêté annuellement le jour anniversaire de son accomplissement.

— Chez nous, on célèbre les anniversaires de naissance, commenta Jacob.

— Quelle idée ! C'est idiot de célébrer un truc pour lequel on n'a rien fait de méritoire. L'exploit d'une naissance, ça se fête entre parents dans l'intimité d'un cache-fesses ! Tu es vraiment beaucoup étrange, ami Jacob.

Pendant qu'ils discutaient, deux gnomes creusaient un trou dans le sol près d'eux et un troisième apportait des branches. Jacob se demanda ce qu'ils projetaient de faire cuire dans leur four de terre. D'autres cueillaient des fleurs ou des petits fruits. Et la majorité des gnomes s'étaient retirés dans une petite clairière d'où provenaient divers bruits.

— Viens visiter notre atelier d'expérimentations, l'invita Mirna. Je sens ta grosse énorme curiosité.

Plusieurs dizaines de gnomes installés autour de longues tables de bois procédaient à des opérations culinaires mystérieuses. À partir de matériaux simples, ils avaient construit des appareils ingénieux, parfois très sophistiqués, munis de moulinettes, de pilons, de fouets ou de couteaux. D'autres équipes s'activaient devant de grosses pierres sur lesquelles étaient installés des réchauds et des brûleurs alimentés par des combustibles inconnus de Jacob.

— Cédrouze et ses amis moulinent des plantes blondes, expliqua Mirna en désignant une équipe. Ils en tirent une poudre à cuire délicieuse à laquelle ils ajouteront probablement de l'extrait de giroflée. Cédrouze a déjà mérité le titre de grand épateur en cuisinant des gâteaux guimounes avec cette poudre de son invention. Là-bas, trois gnomes mijotent un bouillon au jus de réglisse. J'espère qu'ils ajouteront des pâtes folles. Elles sont savoureuses et pendant qu'elles trempouillent dans nos bols, elles changent de couleur. C'est tout à fait épatant.

Une équipe en retrait attira l'attention de Jacob. Ils tordaient ce qui ressemblait à un long torchon rouge.

— Je regrette presque d'être reine tellement j'aurais eu du bon et doux plaisir à faire partie de cette équipe, chuchota Mirna à l'oreille de Jacob. Jidrou expérimente en secret, depuis bien des soleils, avec un mélange de sirop et de poudre de racines pour créer une pâte à pain pétillante. Je ne serais pas surprise que lui et son équipe soient déclarés grands épateurs.

— Quand pourrons-nous goûter à toutes ces inventions? demanda Jacob, que la faim tourmentait de plus en plus.

— Quand chacun sera prêt! répondit simplement Mirna en haussant les épaules.

Ils quittèrent la clairière. Mirna choisit un arbre et grimpa avec une agilité étonnante jusqu'à une balancelle accrochée à une branche du sommet. Jacob la suivit.

La vue était magnifique. Jacob put admirer le lac d'où l'île des gnomes avait surgi et la plage où Youriana avait disparu. Il fut saisi d'un désir impérieux. Malgré la gentillesse des gnomes et leur délicieuse gaieté, et même si la perspective du festin à venir l'excitait, il ne souhaitait rien autant que la présence lumineuse de sa princesse fée.

— Tu penses à ton amoureuse? demanda Mirna en l'arrachant à ses rêveries.

— Non... Euh... Je... balbutia Jacob en rougissant jusqu'au bout des oreilles.

Mirna lui coupa la parole en partant d'un énorme rire. Plus elle riait, plus Jacob se renfrognait, froissé par son attitude. Et plus Jacob se renfrognait, plus elle riait bruyamment et sans retenue. Une vraie baleine, songea Jacob, offensé, en regardant ailleurs.

— Arrête de faire le très idiot... Je vais exploser si tu continues trop, protesta Mirna.

Jacob se tourna vers la souveraine du jour. Son hilarité était si joyeuse et si pleine qu'il ne put s'empêcher de succomber tout à coup à un fou rire hautement salutaire.

— Ouf!! Merci, ami Jacob, dit Mirna lorsqu'ils furent enfin calmés. Je n'en pouvais plus du tout de rire trop en te voyant avec cette mine.

— C'était vraiment si drôle?

— Oh oui! C'est vraiment hautement ridicule de te voir tant tenter de masquer des sentiments aussi tellement flagrants. Tu es amoureux, c'est tout! Tu n'as pas à t'en camoufler. Ce n'est pas du tout désolant.

Mirna lui offrit un sourire ravi et pressa affectueusement sa main avant de poursuivre.

— Ce que tu éprouves est clairement limpide. On ne peut s'y tromper. J'ai quand même quelques siècles d'expérience! De toute manière, n'importe qui le constaterait au premier coup d'œil rien qu'en te voyant songeasser à ta très bien-aimée. Ton regard s'adoucit joliment et glisse vers des rêves. Tu me fais penser à un oiseau qui cherche ses ailes pour s'envoler très haut très loin.

Ces derniers mots ramenèrent les paroles de la chanson de Simon-Pierre. *Fabriquez-moi des ailes/Je ne veux plus ramper/ Offrez-moi de l'air et du ciel.* Jacob eut l'impression de véritablement comprendre, pour la toute première fois, ce qu'avait éprouvé son frère au moment d'écrire cette chanson.

Simon-Pierre avait soif d'absolu depuis toujours. Il avait cru s'en approcher avec Mérédith et il avait échoué. Il s'était élancé, plein d'ardeur et de foi, pour se découvrir sans ailes.

Mirna avait raison. Lui-même cherchait ses ailes. Il n'avait pas encore pris son envol. Les fées lui avaient accordé trois vœux afin qu'il se remette de l'assaut des sorcières. Peut-être aussi parce qu'elles savaient qu'il n'était pas encore tout à fait prêt.

Jacob se souvint d'un passage de l'encyclopédie de Théodore sur les elfes. Ces petites créatures naissaient avec des ailes, mais leurs jolis appendices ne leur permettaient pas de voler. Plus tard, les elfes perdaient leurs premières ailes, comme les petits humains perdent leurs dents, et d'autres poussaient. Elles émergeaient en une seule magnifique nuit, frêles et froissées, trop humides pour les porter. Les jeunes elfes devaient attendre que leurs ailes se défroissent et sèchent sous les rayons du soleil et le souffle du vent. Alors, seulement, ils pouvaient enfin partir à la conquête des cieux.

— Tu sembles bien réfléchissant, ami Jacob, remarqua Mirna.

— Tu as raison, Mirna, murmura Jacob. Je n'ai pas encore déployé mes ailes. Il faut peut-être simplement que j'attende un peu...

— Tu sais très tout à fait que c'est faux... répliqua la reine du jour avec un sourire rempli d'intelligence.

Jacob rigola doucement.

— C'est vrai, admit-il. Je sais que c'est faux.

— Écoute la petite voix au fond de toi, celle qui dit vrai, au lieu d'exprimer des sottises.

— Ma petite voix me presse de partir, déclara Jacob soudain grave. J'aimerais goûter à vos inventions exquises, mais je ne peux pas attendre. Un jour, je reviendrai avec ma bien-aimée pour déguster des gâteaux guimounes, des pâtes folles et du pain pétillant.

Jacob s'arrêta. Il était lui-même surpris par sa résolution. Pourtant, il savait qu'il ne se trompait pas en choisissant de partir tout de suite.

Sa princesse fée l'attendait. Elle avait besoin de lui. Et les autres fées et les petits peuples et les géants aussi. Les gnomes lui avaient rappelé combien la vie pouvait être festive et combien elle était précieuse. Leur gaieté avait chassé la sinistre grisaille héritée des sorcières. Mirna et ses amis le laissaient avec une foule de réflexions qui l'accompagneraient longtemps. Il n'avait pas le temps d'y mettre de l'ordre. Il savait toutefois qu'avant de s'envoler pour vrai, il avait besoin de revoir Simon-Pierre.

— Je te dis adieu, Mirna, commença Jacob en se tournant vers la reine du jour.

Elle avait disparu. Et la balancelle aussi. Jacob découvrit qu'il était encore perché sur une branche, mais ce n'était plus la même forêt. Elle était plus verte, plus dense, plus touffue. Plus silencieuse aussi...

— Chevalier! À l'assaut! clama une voix qu'il reconnut.

LE SECRET

Youriana s'arrêta devant la porte du château d'hiver. Son cœur martelait follement contre sa poitrine. L'heure était grave, elle le savait, et elle disposait de bien peu de temps.

La porte s'ouvrit sans qu'elle eût à prononcer la formule magique. Filavie avait guetté l'arrivée de sa cousine. Elle s'inclina avec grâce devant Youriana puis recula respectueusement de quelques pas dans un bruissement de soie.

— Ma cousine ! Cesse ces signes trop courtois et accueille-moi en amie que je suis, la pria Youriana en lui ouvrant les bras.

Les deux jeunes filles s'étreignirent longuement.

— Tu as un peu maigri, mais tu es aussi belle qu'avant ! s'exclama Filavie en contemplant sa cousine avec joie.

Son visage s'assombrit presque aussitôt alors qu'elle se rappelait ce qui les réunissait.

— Es-tu prête ? demanda Filavie d'une voix hésitante.

— Non, et je ne le serai guère davantage au prochain soleil, répondit Youriana avec un sourire triste. J'ai peur de ce qui m'attend, mais j'ai très hâte de revoir enfin ma mère, ajouta-t-elle, pleine de ferveur.

— Alors suis-moi... Je ne peux rien te dire pour te préparer, ma belle amie. Je ne connais qu'une petite partie de ce que notre reine veut t'apprendre et qui est de si haute importance. Il faut que tu saches que je n'ai vu ni son corps ni son visage depuis ta disparition dans l'autre monde. Notre reine se protège des regards comme des vibrations de l'âme depuis qu'elle s'est réfugiée ici. Nous la sentions toutes déjà fragile. Or, le sortilège qui t'a permis de revenir brièvement parmi nous et d'autres événements aussi l'ont vidée de ses dernières ressources. Ne sois pas trop surprise si tu la reconnais mal...

Elles longèrent un couloir aux murs de marbre blanc éclairé par des bougies dont les flammes délicates répandaient une douce lumière bleutée. Filavie s'arrêta devant la dernière porte. Elle n'était pas fermée.

Youriana pénétra dans la pièce et fut soulagée de constater que sa mère acceptait de se révéler à son regard et que son apparence n'était guère altérée. Lauriane était agenouillée devant une silhouette étendue sur un plateau de verre. La pièce embaumait les pétales de yacoub et la vanille blanche. La reine fée se retourna et tendit une main à sa fille.

Youriana s'approcha doucement en veillant à ne pas rompre le silence. Elle s'agenouilla à côté de celle qui lui avait donné la vie, l'avait nourrie de savoirs et de vérités, l'avait gratifiée de sa présence radieuse et avait réussi l'exploit féerique de la ramener ici en déjouant les pouvoirs d'un sorcier.

La princesse se pencha pour appuyer sa tête sur la poitrine de sa mère. Elle s'arrêta aussitôt, tétanisée. Un cri rauque s'échappa de sa gorge. Elle venait de reconnaître celle qui gisait sur la couche. C'était Agalaé, sa grand-mère et marraine.

— NOOOON! hurla-t-elle d'une voix si déchirante que la reine chancela à ses côtés.

L'écho du cri de Youriana résonna longuement dans tout le château. Le silence ne revint pas. Lauriane respirait bruyamment. Son souffle laborieux emplissait la pièce.

Youriana comprit que, malgré les apparences, sa mère était moralement et physiquement très atteinte. La reine fée allait s'éteindre à son tour, comme Agalaé, si sa fille ne contenait pas mieux ses orages intérieurs. Youriana adressa une prière silencieuse à Tar afin qu'il l'assiste. Elle devait absolument taire sa souffrance et son désarroi pour agir en digne fille de Lauriane.

La princesse fée parvint à se ressaisir. Elle aida sa mère à se relever et à rejoindre sa couche d'herbes et de fleurs dans le silence de la même chambre. Lauriane se laissa guider et s'étendit docilement. Youriana couvrit la reine des fées de soie et de tulle. Lauriane ferma les yeux et s'endormit presque aussitôt. Sa peau était pâle comme un ciel d'hiver. Youriana resta à son chevet jusqu'à ce que sa respiration soit régulière et presque silencieuse.

Alors, seulement, elle retourna auprès d'Agalaé et pleura en silence, la tête appuyée sur la poitrine de sa marraine bien-aimée. Ses larmes coulèrent abondamment, glissant sans bruit sur ses joues, roulant sur son cou en la faisant frissonner. Lorsqu'elles se tarirent enfin, Youriana éprouva, pour la première fois depuis sa naissance sur les hauts sommets de Tar, une rage profonde et puissante. C'était un sentiment aussi galvanisant qu'effrayant. Elle comprenait soudain la révolte des petits peuples décidés à payer de leur existence pour combattre Zarcofo.

Lauriane dormit jusqu'à ce que le soleil de jour réapparaisse. Lorsqu'elle ouvrit les yeux, la reine des fées put contempler sa fille assise sur une petite couche aménagée par Filavie, entre le plateau de verre où reposait Agalaé et le lit d'herbes et de fleurs de sa mère. En scrutant le visage de la princesse des fées, Lauriane sut qu'il était temps de lui livrer l'affreux secret.

Youriana s'humanisait. La reine des fées le lisait sur son visage et le ressentait en sa présence. La future souveraine éprouvait des sentiments dont les fées étaient habituellement protégées et qui risquaient de l'éloigner de la voie tracée. C'était devenu trop dangereux. Le compte à rebours était amorcé.

Depuis qu'Agalaé s'était éteinte, Lauriane était désormais la seule à connaître les détails du sort qu'avait jeté Zarcofo à la princesse. Avant de les lui révéler, la reine fée se demanda si ce n'était pas trop demander à une si jeune fée, aussi belle de cœur et riche de pouvoirs fût-elle.

Depuis bien des soleils, Agalaé et sa fille souveraine avaient porté ensemble le terrible secret en attendant le moment de le révéler. Lauriane savait que sa mère aurait été d'accord avec ce qu'elle avait décidé. Il fallait que Youriana sache désormais.

— Approche-toi, murmura la reine en offrant une main pour que Youriana y dépose la sienne.

Lauriane enroula ses longs doigts fins autour de la main de sa fille unique.

— Ce que je vais te confier est horrible, ma belle et douce fille. Tu es destinée à subir la pire épreuve de ton existence avant même d'accéder à ton règne. Je serais prête à tous les supplices pour t'épargner les tourments qui te guettent. Mais Tar en a décidé autrement. Montre-moi, ma belle, que je t'ai assez nourrie de courage, de sagesse, de bonté et de bien-veillance pour survivre à ce qui t'attend en prenant les bonnes décisions.

« Si jamais tu hésites, si jamais tu ne sais plus comment agir ou quoi décider, pense à moi. Je t'accompagnerai encore même lorsque tu me croiras éteinte. Prends le temps de relire dans le secret de ton cœur les grandes lois de la morale des fées. Tu y trouveras toutes les réponses. Pour le reste, je vais tenter l'impossible afin de rester vivante jusqu'à ce que tu sois prête à me remplacer. Tu sais que le temps fuit rapide-ment... »

Youriana acquiesça. Son visage était diaphane, elle tremblait de tous ses membres et le sang cognait à ses tempes. Malgré tout, elle parvint à esquisser un sourire.

— Maintenant, écoute-moi... commença Lauriane d'une voix lourde de vérité.

L'ADIEU

Un étalon noir fila sous les branches. Son cavalier brandissait une épée en hurlant :

— À l'assaut ! Nos ennemis sèment la terreur sur notre territoire. Courage, chevalier !

Jacob descendit de l'arbre où il était perché. À peine eut-il touché le sol qu'un bruit de sabots le fit sursauter. Une magnifique monture à la crinière fauve s'immobilisa à deux pas de lui. Il grimpa sur son dos et le cheval repartit aussitôt.

Ils atteignirent un espace déboisé et Jacob aperçut l'étalon noir devant eux. D'un moment à l'autre, le cavalier allait se retourner. Jacob n'avait pourtant pas besoin de voir son visage pour le reconnaître.

— Tu vois ces créatures abominables devant nous ? cria Simon-Pierre en continuant de fixer l'horizon.

Jacob ne répondit pas. Un torrent d'émotions gonflait sa poitrine. Il ne savait plus ce qu'il souhaitait faire ou dire, ni même ce qu'il ressentait.

— Regarde ce colosse portant un flambeau au milieu du premier rang d'attaquants, poursuivit Simon-Pierre. C'est lui, le chef. Il est encadré de deux centaures. À son signal, l'armée entière foncera sur notre village. Les guerriers vont piller nos récoltes, tuer nos femmes et nos enfants et incendier tout ce qu'ils pourront trouver. Nous devons les en empêcher !

Simon-Pierre attendit. Jacob aurait dû crier « À l'attaque ! », mais il resta silencieux. Alors Simon-Pierre fit pivoter sa monture et regarda Jacob droit dans les yeux.

— Chevalier ! lança-t-il d'une voix pleine d'assurance. Rappelle-toi que tout est possible. À condition d'avoir...

Cette fois, Simon-Pierre s'attendait à ce que Jacob réponde : « La foi, votre majesté ! » Au lieu de cela, il lança :

— À condition d'avoir un frère sur qui on peut compter.

Simon-Pierre descendit de sa monture. Jacob l'imita. Les chevaux s'enfuirent, abandonnant deux adolescents sur un terrain semé d'herbe et de broussailles.

Jacob dévorait son frère des yeux. Comment ce jeune homme fougueux avait-il pu s'enlever la vie ? Simon-Pierre soutint le regard de Jacob. Son corps était droit, sa tête haute. Il avait fière allure. Jacob sentit qu'il allait lancer un nouvel ordre ou lui faire miroiter des princesses et des armées.

Une rage sourde éclata en lui. Toute la colère étouffée pendant des mois déferlait soudain. Une énergie furieuse le ravageait. Il bondit sur son frère, le renversa sur le sol et le martela de coups en criant :

— Tu as menti, Simon-Pierre Jobin ! Tu n'es ni roi, ni capitaine, ni chevalier, ni guerrier ! Tu es mort ! Ton corps pourrit dans la terre ! Tu m'as menti ! Tu m'as trahi !

Simon-Pierre n'eut ni geste ni parole pour se défendre. Son visage noyé de regrets le trahissait. Jacob éclata en sanglots et roula dans l'herbe en s'éloignant de son frère.

Il pleura si longtemps qu'à la fin il hoquetait encore même si ses yeux restaient secs, car son réservoir de larmes était vide. Il n'avait pas honte d'avoir roué son frère de coups ni de lui avoir assené d'horribles vérités.

Il s'assit dans l'herbe et se tourna lentement pour observer Simon-Pierre installé comme lui, le menton appuyé sur ses bras entourant ses jambes repliées. Il regardait droit devant, le regard éteint.

Jacob se souvint de Léonie lui expliquant pourquoi les fées l'avaient choisi, lui, au lieu de Théodore ou de Simon-Pierre. Il fouilla dans ses souvenirs, persuadé que les mots de la fée-marraine du manoir pourraient l'éclairer. Ils surgirent enfin, criants de vérité :

— Il manquait à l'un la capacité d'abandon et à l'autre la révolte nécessaire pour l'action. Simon-Pierre n'a jamais appris la révolte, avait expliqué Léonie.

Ce jour-là, Jacob n'avait pas vraiment compris. Maintenant, les mots de Léonie prenaient peu à peu tout leur sens. Jacob ressentit dans son œil magique la détresse de Simon-Pierre. Dans le silence de cette petite prairie herbue, il découvrait, stupéfait, que son grand frère était moins tout-puissant qu'il ne l'avait cru.

Simon-Pierre était né pour rêver, pour embellir la réalité avec ses envolées imaginaires. Il n'était pas outillé pour la vie réelle. Il carburait à des espoirs immenses et à des idéaux éblouissants. Il avait la force, le courage et la persévérance d'un grand chevalier; il savait mobiliser des troupes et diriger des armées, mais seulement dans des royaumes inventés. Dans la vraie vie, il était démuni devant la douleur, la méchanceté, l'injustice.

Jacob s'approcha de son frère.

— Raconte-moi... Que s'est-il passé?

Simon-Pierre enfouit son visage dans ses mains. Il resta ainsi un long moment silencieux. Lorsqu'il découvrit son visage, Jacob y lut une telle tristesse qu'il eut envie de lui demander d'oublier ses paroles et ses gestes. Il s'en voulait de raviver la souffrance de son frère.

— Tu as raison d'être furieux, commença Simon-Pierre. Et tu mérites de savoir. Je n'ai jamais souhaité te quitter, Jacob. Je voulais simplement arrêter la souffrance.

Simon-Pierre avait arraché un brin d'herbe qu'il déchirait en minces lanières.

— J'ai toujours été attiré par les mondes parallèles, poursuivit-il. Je savais que notre oncle était un spécialiste des fées et des sorciers, mais nous n'avions aucun ouvrage de lui à la maison. C'est à la bibliothèque que j'ai lu son *Encyclopédie des fées* et plusieurs autres ouvrages. Ces lectures m'ont grandement inspiré quand nous jouions aux chevaliers dans la petite forêt près de la maison. Je ne voulais pas partager mes recherches avec toi parce que je découvrais un monde d'horreur et d'enchantement. J'avais l'impression de pouvoir t'offrir le meilleur et t'éloigner du pire.

« À force de lire sur les fées, je me suis mis à rêver. Les filles de ma classe ne m'intéressaient pas. J'avais envie d'une jeune fille comme celles décrites dans le grand livre de Théodore. Un jour, alors que j'explorais la forêt, j'ai rencontré Mérédith. Elle rêvassait au pied d'un arbre. Je l'ai trouvée merveilleusement belle, en dehors comme en dedans. Aujourd'hui encore, je suis persuadé d'avoir vu juste, du moins à ce moment-là... »

Simon-Pierre fouilla le visage de son frère en espérant qu'il le croyait au moins un peu.

— Nous avons longuement parlé. Mérédith était, comme moi, comme toi, déçue de ses parents et triste de mener la vie qu'ils lui avaient fabriquée. Elle rêvait d'une existence plus vraie, plus intense, meilleure aussi je crois. Je lui ai parlé des royaumes cachés. Je lui ai expliqué qu'il suffisait de le désirer pour s'évader dans un monde autre. Je lui ai confié, comme je l'avais fait avec toi si souvent, qu'elle n'avait qu'à dessiner un petit sentier dans son imagination pour atteindre un royaume où tout est possible.

« Elle m'écoutait, les yeux brillants et le cœur rempli d'espoir. Lorsque je me suis tu, elle s'est approchée de moi et elle m'a embrassé. Ses lèvres étaient encore plus douces qu'un vent d'été. Elle sentait l'herbe et le savon. "Merci, Simon", a-t-elle soufflé à mon oreille avant de partir.

« J'ai eu l'impression de me vider de mon sang. Il me semblait qu'une fée m'avait quitté. Nous nous sommes revus deux fois cette même semaine, mais le charme était rompu. Elle était redevenue l'adolescente un peu chiante, imbue d'elle-même. Malgré tout, elle m'attirait. J'arrivais à deviner la vraie Mérédith sous son écorce. À mes yeux, elle était restée une fée.»

— Une fée? Mérédith! Mais... c'est complètement malade! s'exclama Jacob.

— Tais-toi, Jacob. Tu as la révolte facile et tu juges trop vite.

Jacob baissa la tête en sachant que son frère disait vrai.

— Mérédith avait la beauté d'une fée et je sentais que sous ses peurs et son insécurité se cachait un être de grande valeur qui savait m'émouvoir. Elle était... ma fée cachée.

— Et tu t'es enlevé la vie parce que tu n'arrivais pas à la retrouver?

— Il y a eu un enchaînement d'événements... Tu te souviens quand Éliane, la copine de Mérédith et de Jacinthe, s'est moquée de nous, puis que tu as décidé de mettre un terme à nos jeux?

Jacob hocha la tête, atterré. Ce qu'avait imaginé Jacinthe était donc vrai.

— J'ai été très touché... poursuivit Simon-Pierre. Je n'avais pas honte de moi ni de ce dont je rêvais, mais je me suis soudain senti affreusement seul.

«Un matin, après une longue nuit d'insomnie, j'ai communiqué avec l'oncle Théodore et je me suis invité chez lui. J'ai prétexté un camp scientifique pour partir en douce. J'ai même forgé des documents afin que nos parents ne se doutent de rien et que l'école ne communique pas avec eux. J'ai été chanceux. Je suis revenu du manoir sans que personne ne soupçonne quoi que ce soit.

«Je n'étais plus le même. J'avais plongé dans la bibliothèque de Théodore et j'en étais ressorti transformé. Je venais de découvrir le monde auquel j'appartenais vraiment. J'ai longuement parlé avec Théodore. Il m'a confié que lui aussi avait l'impression de ne pas être taillé pour frayer avec les humains. Les petits peuples et les fées l'attiraient tellement qu'il en souffrait. " Je donnerais tout ce que j'ai pour une seule journée chez les fées ", m'a-t-il avoué. Et je suis sûr que c'est vrai. »

Jacob imaginait bien la scène. Il ne pouvait cependant concevoir que cette série d'événements aient pu mener Simon-Pierre à commettre l'acte qu'il avait commis.

— À ton retour, tu as jugé la réalité tellement moche que tu as préféré mourir ?

— Non, répondit Simon-Pierre. À mon retour, j'ai écrit une longue lettre très intime à Mérédith. J'étais rempli d'espoir. Ma ferveur me donnait l'illusion d'être tout-puissant. Elle ne m'a jamais répondu. Alors, bêtement, stupidement, j'ai perdu la foi.

« Je sais maintenant que j'avais tout faux. J'attendais que quelqu'un m'enchante et pourtant, les forces d'émerveillement étaient en moi. C'est un feu que chacun de nous doit nourrir. Nous avons tous pour mission de garder allumée cette flamme intérieure qui nous aide à voir la beauté du monde. »

Jacob avait les oreilles bourdonnantes et ses tempes palpitaient.

— D'où viens-tu, Simon-Pierre? Où étais-tu avant d'apparaître sur ce cheval?

— Je t'attendais. Les fées m'ont accordé cette immense faveur parce que tu es l'Élu et que tu as besoin, pour accomplir ta mission, qu'on fasse la paix et qu'on se dise adieu. Je te demande pardon, Jacob. J'ai eu tort de me laisser abattre. J'aurais dû lutter contre le désenchantement avec la même ardeur que nous déployions à terrasser nos ennemis dans la forêt de notre enfance.

Jacob contemplait son grand frère. Son compagnon, son complice, son meilleur ami. Il n'avait jamais cessé de l'aimer. L'affection qu'il lui vouait déferlait avec la force du ressac d'une mer sous la tempête.

— Tu n'es pas le seul à blâmer, Simon. Je n'ai pas été à la hauteur. Je suis désolé...

La voix de Jacob se brisa. Il serra les mâchoires et inspira profondément pour trouver la force de continuer sans éclater en sanglots.

— Pendant des années, tu as ensoleillé mon existence. Sans nos jeux enchantés, je ne serais pas le même. J'ai manqué de foi en toi, en nous et en nos idéaux. Je t'ai abandonné. Pardonne-moi...

Simon-Pierre enroula un bras autour de l'épaule de son frère. C'était mieux que des mots. Au terme d'un long silence réparateur, Jacob osa poser la question qui brûlait ses lèvres :

— Tu ne pourrais pas rester chez les fées ?

— Non. J'ai mis fin à ma vie. Les fées ne peuvent pas effacer mon geste. Mais cette fois, je pars en paix, même si tu vas continuer de me manquer cruellement...

— À moi aussi, répondit Jacob. Parfois, je ne pouvais m'empêcher d'espérer ton retour. C'est idiot... La moitié du temps, je t'en voulais. L'autre moitié, je m'en voulais à moi.

— C'est fini maintenant, Jacob. Ne gaspille plus ton énergie en ressentiments et en remords. Tu as besoin de toutes tes forces pour accomplir ta mission. Une vraie, cette fois. Et tellement glorieuse que je n'aurais jamais pu l'inventer. Laisse-moi t'accompagner secrètement. Je ne serai pas complètement disparu, je serai simplement ailleurs. Et jamais vraiment loin de toi.

Jacob comprit que l'heure était venue. Il allait devoir quitter son frère à nouveau, mais pour toujours cette fois.

Il chercha des mots. Aucun ne semblait pouvoir traduire ce qu'il éprouvait.

— Adieu, dit-il seulement en relevant la tête.

Simon-Pierre n'était déjà plus là.

L'ARMÉE

Les délégués des petits peuples avaient répondu à l'appel de Bartok, le chef des nains. Ils étaient réunis dans une grotte au cœur de la forêt des elfes.

— Zarcofo a osé le pire, commença Bartok. Il a éteint Agalaé, une fée qui fut souveraine. Nous ne pouvons plus attendre le retour de la princesse Youriana. Le bruit court que notre reine est alitée. Ses pouvoirs diminuent de soleil en soleil. Il faut constituer une armée et attaquer.

— Ne crois-tu pas, Bartok, qu'en agissant ainsi nous nous éloignons considérablement de la morale des fées ? demanda l'elfe Myrli.

Un murmure d'approbation se fit entendre. Plusieurs délégués étaient sensibles à l'intervention de Myrli.

— Ce que tu apportes mérite réflexion, approuva Maïra, l'aînée des roufs. J'ai bien connu Agalaé. Je l'ai côtoyée et aimée alors qu'elle vivait parmi nous. Le crime du sorcier me remplit de haine et de hargne, mais je suis persuadée qu'Agalaé n'aurait pas souhaité que nous nous engagions dans un combat armé.

— Agalaé n'est plus là et les autres fées ne se sont pas manifestées, répliqua Élior, roi des lutins. Les roufs et les elfes s'imaginent peut-être qu'ils sont des géants pour brandir des principes que nous ne pouvons plus assumer. Nous souhaitons tous l'harmonie, comme le clame Liénard, mais nous ne sommes pas de taille aussi remarquable et nous ne vivons pas dans un cratère protégé.

« Nous serons éliminés du royaume caché si nous n'avons pas le courage de nous défendre. Zarcofo est redoutable. Il peut te transformer en termite, Myrli, et toi, Niki, en grenouille d'eau douce. »

Plusieurs délégués hochèrent la tête en signe d'assentiment.

— Je verrais plutôt bien le gnome Niki en têtard ! osa Lilipuy, roi des farfadets.

Un concert de rires salua son commentaire.

— J'ose réclamer à l'assemblée de m'entendre encore un peu, demanda Myrli d'une voix aimable. Nous n'avons pas l'expérience des combats, la guerre n'étant pas dans nos mœurs. Ce n'est pas une question de courage. Nous savons tous nous lever pour défendre ce qui nous est cher. Il existe toutefois d'autres solutions que les armes.

— Lesquelles ? ! s'enquit Lilipuy, sarcastique.

— Celles de Tar qui nous renvoie aux grands écrits, répondit Myrli. Nous ne sommes pas les grands orchestrateurs. Tar nous guette et nous guide.

— Tar?! Je n'ai plus une bien grande espérance en lui. S'il n'est pas mort, il est drôlement bien endormi! Tous les derniers soleils nous ont apporté des épreuves, fit valoir Bartok.

— À quoi songes-tu, Myrli? Qu'imagines-tu d'autre que les combats pour nous sortir de l'impasse? demanda Maïra.

— La communion à la terre et au ciel comme les géants sans doute! s'exclama Élior en éclatant d'un rire moqueur.

— Non, répondit Myrli. Je songe à la chimie féerique.

Sa déclaration secoua les délégués et raviva leur attention.

— Nous en avons tous entendu parler, mais sans jamais l'appliquer, continua-t-elle. Mérival raconte qu'en des temps très anciens les petits peuples ont résisté aux pires malédictions en mettant en commun leurs pouvoirs féeriques. Les écrits nous enseignent qu'en pareille occasion les forces magiques réunies provoquent une réaction merveilleuse qui est de l'ordre des grands miracles.

— Et il est écrit dans les textes de Mérival « que cette réunion de puissances enchantées confère des pouvoirs inespérés », ajouta Bartok.

— Voilà qui mérite réfléchiment, convint Niki.

— Saurais-tu nous éclairer davantage, Maïra, toi qui connais mieux que d'autres les grands écrits? demanda Myrli.

— Je sais que l'union des pouvoirs féeriques exige des sacrifices. Dans le seul épisode relaté, les petits peuples se sont longuement recueillis. Ils ont cessé de boire et de manger sous plusieurs soleils, repoussant la fatigue, l'angoisse et la désespérance pour chanter, danser et prier comme dans un cercle de fées jusqu'à ce qu'un enchantement unique les anime. Il est écrit que « aucun petit être ne peut connaître de plus belle félicité et de plus grande joie qu'en cet instant glorieux ».

« Il est dit également que cette réunion féerique a rendu les petits peuples invincibles. Les pires malédictions n'avaient plus de prise sur eux, les plus atroces sortilèges se dissipaient avant d'atteindre leurs victimes. Des armées de guerriers redoutables fuyaient soudain de manière inexpliquée. Des sorciers ont crevé de rage et d'autres sont devenus fous. Ménime, un sorcier redouté, s'est jeté dans un brasier en croyant plonger dans un lac d'eau bleue. »

Les paroles de Maïra avaient fortement ébranlé les délégués. Myrli servit du thé de fleurs d'épilobe et des gâteaux de noisettes. La collation fut prise en silence. Plongés dans d'intenses réflexions, le nain Bartok triturait les poils de sa barbe et le gnome Niki se grattait la panse. Maïra observait ses compagnons, le visage rongé par l'inquiétude. Élior et Lilipuy fulminaient.

Les deux rois avaient décidé que le combat armé constituait la meilleure avenue et ils n'avaient pas envie de faire marche arrière. Élior avait conçu des stratégies qu'il avait hâte de mettre en place et Lilipuy rêvait depuis bien des soleils de participer à des affrontements ardents. L'idée même du combat armé lui donnait l'impression d'être plus grand et plus puissant. La perspective d'une guerre le séduisait fortement.

— Toi seul ne t'es pas encore exprimé, déclara Bartok en se tournant vers Fakar, un pouc en retrait.

La présence de Fakar en avait étonné plus d'un. Il s'était présenté au nom des gobelins et des poucs, deux petits peuples très peu participatifs. Les poucs avaient subi de nombreux revers. Ils formaient désormais une communauté de peu d'importance. Sous le règne du précédent sorcier, les gobelins avaient consenti des alliances avec des forces maléfiques trompeuses et en étaient ressortis considérablement affaiblis.

— J'attendais poliment que l'un de vous soit curieux de ma position, répondit Fakar. J'ai entendu les bons mots de Maïra, l'aîné des roufs, et de Myrli, l'elfe gracieuse. J'ai compris que plusieurs d'entre vous accordent beaucoup d'importance à leurs discours. Je n'en suis pas surpris...

Le ton de Fakar avait quelque chose d'ensorcelant. Il parlait lentement avec une assurance séduisante. Ses deux prunelles sombres brillaient d'une étrange lumière et il jouait avec sa voix d'une manière telle que chacun des mots qu'il prononçait pesait de tout son poids.

— Je pense que la position pacifique des géants est louable. Et je vénère les enseignements des fées prônant la cohésion et l'harmonie.

Fakar s'arrêta pour scruter tour à tour de ses yeux perçants chacun des délégués réunis autour de la table. Plusieurs baissèrent leurs paupières, frappés par l'intensité de son regard.

— Je crois comme vous en la morale des fées, mais cette fois nous avons le devoir de la défier. À quoi nous servira-t-il d'épouser leur pensée si les fées n'existent plus? Or, c'est ce qui se prépare. Il faut l'admettre. Zarcofo a commis l'impardonnable. Une fée s'est éteinte sous la torture à ses pieds.

L'équilibre des forces est définitivement rompu. Notre survie est en jeu.

« Croyez-vous vraiment qu'une simple volonté partagée et une communion ardente puissent avoir raison d'un sorcier en délire ? Myrli évoque la chimie féerique. Or, nous n'y connaissons rien et aucun de nos aînés ne peut en témoigner. À quoi réfère exactement ce bref passage des écrits de Mérival ? Nous n'en savons rien. Nous vivons une époque de grands tourments. À ces maux terribles, nous devons oser proposer des solutions dramatiques. »

Maïra tressaillit. Elle ressentait jusque dans ses entrailles le singulier pouvoir d'orateur de Fakar. Toutefois, elle n'était pas dupe. Cet être était dangereux. Elle avait le devoir de lui opposer résistance. Mais comment ?

— Nous ne souhaitons pas combattre, poursuivit Fakar. Les peuples féeriques ne provoqueront jamais eux-mêmes la guerre. Nous sommes profondément pacifiques. Par contre, nous avons des croyances et nous sommes prêts à les défendre avec courage et vigueur. Nous devons affirmer clairement notre refus de disparaître.

Un vibrant silence accueillit l'exposé de Fakar. Chacun savait qu'ils vivaient un moment historique. Les mots n'avaient pas encore été prononcés, mais la décision était prise. Pour la première fois depuis la création du royaume caché, les petits peuples allaient former une armée.

Myrli étouffa un sanglot. Depuis son enfance, avant même que ses ailes neuves soient tout à fait sèches, elle avait hérité du pouvoir de se projeter dans des soleils à venir. Jamais auparavant n'avait-elle était assaillie par d'aussi horribles prédictions. Ce qu'elle entrevoyait était monstrueux. Elle avait déjà parlé clairement en mettant de l'avant tous les arguments. Les petits peuples allaient-ils réellement plonger dans cet horrible piège?

L'ÉTREINTE

Jacob fit quelques pas. Autour de lui, la forêt était moins dense et, droit devant, il devinait une éclaircie. Il fonça vers cette zone de lumière en songeant à son troisième vœu. Porté par l'espoir de retrouver Youriana, il courut sans se préoccuper des branches qui fouettaient son visage.

La forêt s'ouvrit sur une rivière bouillonnante. Jacob entreprit d'en remonter le cours. Ses pieds glissaient sur les pierres mouillées, pourtant il ne songea pas un instant à ralentir sa course. Les rives devinrent de plus en plus encaissées et de gros blocs de roches noires apparurent. Un grondement tumultueux appelait Jacob. Il avançait tel un automate, incapable de réfléchir et tout aussi impuissant à démêler ses sentiments.

Il dut bientôt escalader des rochers escarpés, car il n'y avait pas d'autre voie pour longer la rivière. L'eau vive jaillissait en fouettant les murs de roc, éclaboussant Jacob au passage. La rivière décrivit plusieurs coudes avant de s'élargir. Jacob eut alors droit à un spectacle grandiose.

Une chute de trente mètres plongeait dans le torrent. L'eau écumait au pied de la cascade, déversant son trop-plein sur les pierres lisses des rives. Jacob approcha si près de la chute qu'il put sentir la bruine fraîche sur sa peau.

Il scruta les alentours.

Youriana n'était pas loin. Il sentait sa présence.

Il la vit soudain, adossée à la falaise. La jupe de sa robe bleue flottait autour d'elle. Ses lèvres tremblaient et ses yeux étaient d'orage.

Jacob fut frappé de plein fouet. La princesse des fées souffrait d'une peine immense. Il marcha lentement jusqu'à elle, s'installa à ses côtés et, laissant parler son cœur, il glissa un bras dans son dos et l'étreignit doucement.

Il la sentit fondre dans cet enlacement. Elle appuya sa tête contre la poitrine de Jacob et des spasmes secouèrent sa frêle silhouette. Jacob la découvrit si fragile entre ses bras qu'il eut peur qu'elle ne se brise, dévastée par une peine trop grande.

Il avait déjà étreint une fille avant. Respiré le parfum de ses cheveux et senti son haleine chaude dans son cou. Pourtant, il avait l'impression de tout vivre pour la première fois. Youriana abolissait tout autre souvenir. Il n'avait jamais rien éprouvé de semblable, il n'avait jamais aussi ardemment désiré consoler quelqu'un. Alors il inventa des gestes pour lui venir en aide. Il caressa très délicatement son front, puis ses joues et enfin ses longs cheveux.

Il recommença, encore et encore, jusqu'à ce que cesse l'orage. Alors, seulement, elle parla.

Youriana lui raconta la mort d'Agalaé, sa grand-mère et marraine, jadis souveraine du royaume caché. Elle décrivit son corps couvert de plaies et de brûlures, les larges cernes autour de ses yeux et l'expression de douceur qui était restée sur son visage jusqu'à la toute fin.

— Il l'a éteinte avec du feu. Tu imagines ?! Elle a tenu bon pendant tellement longtemps que je crève de douleur juste d'y penser. Les fougres n'avaient jamais participé à une telle torture. Zarcofo ne savait plus comment la tenir en vie tout en prolongeant les sévices. Il a insisté jusqu'à son dernier souffle, sans un seul instant de pitié. Il voulait tout savoir de toi. De ta quête. De nous...

« Ta présence au royaume caché le rend fou. Il sait que tu es dangereux. Il connaît ta route désormais et il est prêt à tout pour te détruire. Il veut qu'à ton tour tu te tordes de douleur à ses pieds. Il va tout faire pour t'empêcher d'atteindre le château d'hiver de ma mère. »

Pendant qu'elle parlait, Youriana avait gardé son regard ancré dans celui de Jacob. Il errait maintenant entre les falaises, le rideau d'eau, les roches plates et la rivière en folie.

— Tu y étais... déclara Jacob, effaré. Tu reviens du château. Une formule magique t'a sans doute suffi. Pour me rapprocher de ce même but qui est encore si loin, j'ai vécu l'horreur et ma route ne fait que commencer.

« Lorsque tu étais là, auprès de ta mère, peut-être as-tu effleuré la pierre bleue à son cou. Si tu l'avais arrachée, je l'aurais dans ma main à cet instant même. »

Youriana écoutait Jacob, triste et impuissante.

— Ne t'inquiète pas... la rassura-t-il. Je sais, sans tout comprendre, qu'un tel geste aurait été inutile.

Alors même qu'il prononçait ces mots, Jacob eut l'impression d'accéder à des vérités nouvelles. Il continua de livrer ses réflexions à haute voix en serrant les mains de la princesse fée entre les siennes comme pour empêcher qu'elle disparaisse à nouveau.

— La route menant à un trésor est peut-être aussi importante que le trésor lui-même, dit-il encore. Je sais que cette pierre t'arrachera au sommeil seulement lorsque je l'aurai méritée.

« Maïra m'a remis une carte que je conserve précieusement. Je penserai à toi en franchissant les montagnes de Tar puis la vallée des pierres debout, le boisé des elfes et la haute route des glaciers jusqu'au château de la reine des fées.

« Je ne sais pas si je devrai encore me battre pour obtenir la pierre bleue, poursuivit Jacob, mais je trouverai les mots pour convaincre ta mère de me la confier. Je la rapporterai dans ce monde où je suis né et où tu es prisonnière. J'irai jusqu'à ta petite chambre et je déposerai la pierre dans le médaillon à ton cou.

« Je te le promets... »

Youriana s'était d'elle-même blottie dans ses bras. Pendant qu'il parlait, Jacob l'avait sentie revivre. Elle s'écarta doucement et esquissa un geste qui troubla tant Jacob que son cœur cessa de battre et son sang se figea dans ses veines. Du bout de ses doigts fins, la princesse des fées caressa le visage de Jacob avec des gestes d'aveugle en s'attardant à chaque détail, pour mieux imprimer chacun de ses traits dans sa mémoire.

— Je veux me souvenir, dit-elle. Pendant ces longues heures où je repose immobile, il m'arrive de surgir soudainement de cet épais sommeil. Parfois, c'est merveilleux, je revois ma vie antérieure, toutes ces délicieuses années auprès de ma mère, entourée d'elfes et de fées. Parfois aussi, l'angoisse m'étouffe. Je sais où je suis et je me sens horriblement impuissante, prisonnière d'un sortilège maléfique si fort que toutes les fées réunies ne peuvent le briser.

« Alors j'ai atrocement peur que Zarcofo parvienne à ses fins. Qu'il nous détruise et fasse régner la Grande Obscurité. »

— Ne crains rien, murmura Jacob en plongeant son regard de sable dans les iris aux couleurs de l'aurore. Je me sens fort et animé d'un feu ardent, Youriana. Je suis enfin prêt. Je ne l'étais pas avant. Les sorcières n'étaient pas seules responsables de mon abattement. Il me semble que j'ai beaucoup vieilli depuis ce banquet morbide. Je cherchais mes ailes. Je les ai trouvées. Tu m'ensoleilles, Youriana. Même lorsque tu es triste... Ta lumière m'aidera à déjouer tous les sorciers.

— Je veux te croire, Jacob. J'ai besoin de te croire. Aussi, il faut que tu saches ceci : avant le prochain soleil, je serai partie...

Jacob serra les mâchoires et les poings. Il se doutait bien que leur temps était compté. Mais il avait espéré davantage.

— Si tu dois me quitter si tôt, alors laisse-moi sentir ton corps contre le mien jusqu'à ce que tu disparaisses, réclama Jacob. Je ne veux rien d'autre. C'est mon vœu le plus précieux.

— C'est ce que j'aurais moi aussi souhaité. Et j'en suis tout étonnée. Les fées n'ont pas le cœur aussi assailli par les tempêtes. Je m'humanise, Jacob. C'est à la fois extra-ordinaire et affolant. Je me rapproche dangereusement de toi.

Jacob entendit à peine ses dernières paroles. Il l'entraîna sur une dalle de pierre réchauffée par le soleil et l'aida à s'étendre à côté de lui. Elle blottit tout naturellement sa tête au creux de son épaule comme si elle avait déjà cent fois répété ce geste. Jacob l'enlaça dans un élan de tendresse si puissant qu'il eut l'impression que son corps entier allait s'embraser.

FAKAR

— Tu vois cet animal ? Il m'arrive de le trouver presque émouvant.

Zarcofo émit un bruit étrange, détestable à entendre. Fakar sursauta, surpris. Il mit un moment à comprendre que cet effroyable hoquet n'était qu'un rire. Le rire du sorcier.

Fakar était impatient de retrouver son corps de fougre. Il en avait plus qu'assez de ressembler à un pouc, confiné dans cette minable enveloppe trop petite et sans allure.

— Même affamé, ce chien mourrait de faim plutôt que de te dévorer, dit encore Zarcofo.

Fandor était étendu à ses pieds. L'animal avait tant maigri que ses côtes saillaient. Son poil était terne et ses yeux vitreux.

— Stupide bête ! éclata Zarcofo en lui assenant un solide coup de pied dans les flancs.

Le chien poussa un gémissement si pénible à entendre que Fakar en fut troublé malgré lui.

— Je n'ai jamais rien vu de plus insensé, reprit Zarcofo. Ce chien refuse de manger. Un de mes émissaires s'est informé auprès des géants qui en connaissent plus long que d'autres sur les animaux. Il m'est revenu avec une réponse effarante. Les chiens sont encore plus stupides que les humains. Ils peuvent se laisser mourir de chagrin !

Zarcofo semblait s'adresser aux murs de son antre. Il avait l'habitude de parler comme s'il était devant une assemblée, même en présence d'un seul interlocuteur. Lorsqu'il se tourna vers Fakar, le sorcier éclata d'un rire mauvais.

— Pauvre Fakar ! Tu n'as pas eu la chance de t'admirer. Tu es tout à fait ridicule dans ce corps de pouc. J'ai presque envie de te laisser mijoter dans cette enveloppe. Il me semble parfois que tu te donnes des airs, Fakar. N'oublie jamais que tu n'es qu'un fougre. M'entends-tu ?

Fakar hocha la tête. Il avait toujours détesté Zarcofo. Or, en cet instant précis, il le haïssait avec une ferveur renouvelée.

— Tu as bien rempli ton rôle, Fakar, continua Zarcofo sur un ton doucereux. Je veux donc que tu poursuives cette mission. Je vais te nommer chef d'armée.

Fakar tressaillit. Le sorcier avait-il enfin compris l'ambition secrète de son fougre le plus doué ?

— Ah ah ! Je te vois penser, espèce de rapace. Tu en veux toujours plus que tu ne mérites. Tu ne seras jamais le chef de mon régiment de guerriers, Fakar. Ce n'est pas la place d'un fougre ! Toutefois, la mission que je vais te confier est encore plus cruciale que ce que tu avais imaginé. Cela signifie que si tu échouais, je serais sans pitié. Tu vas commander les petits peuples. Tu seras le chef de leur grande armée. Tu as déjà gagné la confiance de ces individus stupides et tu es très malin pour les manipuler. C'est toi qui les guideras jusqu'à moi. Tu feras exactement ce que je t'ordonnerai. Nous allons les réduire en poussière... après nous en être un peu amusés.

L'ÉCRAN

Jacob plongea une main dans sa poche pour y prendre la carte du royaume caché. Il avait besoin de mieux évaluer les distances. La barrière de pics sombres des montagnes de Tar était-elle beaucoup plus importante que la vallée des pierres debout? Combien de jours mettrait-il ensuite à traverser le boisé des elfes qui au fond devait bien être une forêt?

Il étudia longuement la carte avant de la replier soigneusement puis de la ranger dans sa poche. Il fouilla ensuite dans son autre poche pour prendre la montre. Sa position face au nord était évidente. Avant de s'éclipser, Youriana lui avait indiqué sa route. Il devait escalader la falaise près de la chute. De là, il verrait le prochain sommet des montagnes de Tar.

— Suis le soleil de jour jusqu'à la vallée des pierres debout, lui avait recommandé la princesse fée avant de le quitter dans un poudroiement d'or et d'orangé.

Il n'avait pas besoin d'une boussole et pourtant il ouvrit quand même le boîtier, car il trouvait réconfortant de voir l'aiguille trembloter en indiquant le chemin vers la reine fée.

Jacob accomplit machinalement les gestes et garda la montre ouverte dans sa main. Lorsqu'il cessa de contempler l'horizon au loin pour poser son regard sur le cadran de la montre héritée de son parrain, il n'y avait plus d'aiguille indiquant le nord. La surface vitrée s'était transformée en écran. « Comme le miroir dans *La Belle et la Bête* », songea Jacob, ahuri.

L'image se précisa. Ce que vit Jacob sur l'écran le bouleversa. Son parrain était mourant. La douleur crispait ses traits et déformait son visage. Il gardait les yeux fixés sur Jacob. Sa bouche remuait, mais aucun son n'en sortait. Il tentait de livrer à Jacob son dernier secret et il semblait désespéré de ne pas être entendu.

Jacob sentit un fil invisible le tirer vers le manoir de son parrain. Il devait savoir. Ce que Théodore souhaitait si ardemment lui confier avait peut-être un lien avec sa mission. Théodore savait ce que vivait son filleul. Il n'aurait pas insisté pour rien.

Jacob ferma les yeux pour se recueillir. Lorsqu'il les rouvrit, l'image sur l'écran avait changé. Il vit Rosie, la petite géante, poursuivie par une armée de créatures hideuses. Elle courait à folle allure, le tissu de sa chemisette collé à sa peau, trempé par l'effort. Soudain, elle se retourna et Jacob sut qu'elle le voyait. Son visage le suppliait de ne pas déserter, de rester au royaume caché et de poursuivre sans faiblir sa route jusqu'au château.

Jacob détourna le regard. Il serra les poings si fort que ses ongles firent éclater la peau de ses paumes et des gouttes de sang affluèrent. Il avait envie de hurler. Jamais dans toute son existence ne s'était-il senti si douloureusement écartelé.

Quel était son destin ? Quelle voie devait-il choisir ? La réponse lui arriva soudainement. Son ventre se creusa comme sous l'effet d'un coup puissant. Puis ses entrailles se nouèrent. Il avait du mal à respirer.

Son œil magique lui dictait la voie.

C'était horrible et clair.

À suivre dans
La Grande Quête de Jacob Jobin, Tome 3 — La Pierre bleue

Remerciements

Pendant toute la dernière année, Jacob Jobin fut au centre de ma vie. Sans les amis qui m'entourent, m'encouragent et veillent sur moi, je n'aurais sans doute pas réussi à mener à terme ce formidable projet que constitue le tome 2. Merci de tout cœur à Guy Cantin, Jean-Pierre Roy, Pierre Sarrazin, Marjolaine Gauthier, Olive Hébert, Michelle Jalbert, Robert Gareau, Manon Gauthier, Hélène Bolduc, Carl Norac, Isabelle Charbonneau, Maude Saucier, Michel Lessard, Diane Desruisseaux, Diane Laframboise, Nathalie Bellavance et d'autres encore qui m'ont aidée à traverser cette dernière année marquée par plusieurs épreuves.

Merci aussi à mes enfants Simon, Alexis et Marie sans oublier Marilou et Marjorie pour leur support et leur amour. Ma tendre reconnaissance va également à mon frère André et à Martine ainsi qu'à mon père et à Micheline. Un merci tout particulier au Dr Dominique Jolicœur sans qui je n'aurais su éviter le découragement à plus d'une reprise, au Dr Ginette Martin, au Dr Lucie Lalonde et au Dr Marie-Andrée Fortin pour leur professionnalisme et leur humanité.

J'ai eu la chance de pouvoir profiter des judicieux commentaires d'un comité de lecteurs attentifs que je remercie de tout cœur : Juliette Robin, Raymond, Gabriel et Fanny Villeneuve, Céline Faucher, France Laferrière, Martine Giroux, Frédéric Truchon, Jeanne Laroche, Nathalie Fréchette. Et enfin, j'ai pu compter sur l'extraordinaire dynamisme, le grand professionnalisme et l'amitié de mes deux éditrices, Anne-Marie Villeneuve et Marie-Josée Lacharité, ainsi que sur l'ardeur et l'enthousiasme de toute l'équipe de Québec Amérique et plus particulièrement de Marie-Christine Bourdua, Geneviève Brière, Anne-Marie Fortin, Diane Martin, Sandrine Donkers et Rita Biscotti.

Merci aussi à Henry Fong pour cette couverture lumineuse et à Chantale Landry pour son travail de fée.